한국 문학읽기

한국고전읽기

세계문학읽기

국어과 선생님이 뽑은

박씨전 · 임경업전

작자 미상

북·앤·북

국어과 선생님이 뽑은 박씨전 · 임경업전

바둑과 퉁소로 맺은 인연, 나라를 구하니……

초판 1쇄 | 2013년 1월 15일 발행
지은이 | 작자 미상
엮은이 | dskimp2004@yahoo.co.kr
교정 | 이정민
디자인 | 인지숙
일러스트 | 이혜인
펴낸이 | 이경자
펴낸곳 | 북앤북

주소 | 서울 마포구 월드컵로 11길 35, 101동 502호
전화 | 02-336-9948
팩시밀리 | 02-337-4315
등록 | 제 313-2008-000016호

ISBN 978-89-89994-73-2 04810
잘못된 책은 구입하신 서점에서 바꾸어 드립니다.

이 책에 수록된 작품의 표기는 '한글 맞춤법'의
규정을 원칙으로 하되 작가 특유의 문체나
방언 등은 원본에 따른다.

바둑과 퉁소로 맺은 인연, 나라를 구하니……

에게 드립니다

박씨전 · 임경업전

차례

제가 본래 모양을 감추고
추한 얼굴로 있었던 것은
서방님으로 하여금 꾀이지 못하게 하여
한마음으로 공부하게 한 것이고
그 사이 제가 아무 말도 하지 않은 것은
서방님으로 하여금 지나간 잘못을
스스로 뉘우치도록 하게 함입니다.

박씨전

박씨전 미리보기

조선 인조 때 이시백이라는 젊은이가 살았다. 그는 매우 총명하고 문무를 겸하여 명망이 조야에 떨쳤다. 아버지 이 상공이 주객으로 지내던 박 처사의 청혼을 받아들여 시백은 박 처사의 딸과 가연을 맺게 된다. 그러나 시백은 신부의 용모가 천하의 박색임을 알고 실망하여 대면조차 하지 않는다. 박씨 부인은 남편 이시백이 과거 시험을 보러 갈 때 벽옥 연적을 주며 장원급제하도록 돕는다.

그러던 어느 날 박씨가 하루아침에 허물을 벗고 아름다운 여인으로 거듭나자 거들떠보지도 않던 시백은 크게 기뻐하며 박씨의 뜻을 그대로 따르고 부부가 화목하게 지낸다.

이때 중국의 호왕은 용골대 형제에게 수만의 병사를 주어 조선을 침략하게 한다. 이를 안 박씨는 시백을 통해 호병이 침공했으니 방비를 하도록 왕에게 청했지만 영의정 김자점과 좌의정 박운학이 반대한다. 왕이 판단을 내리지 못하고 주저할 때 하늘에서 선녀가 내려와 박씨의 말을 들으라고 한다. 마침내 호병의 침공으로 사직이 위태로워지자 왕은 남한산성으로 피난하나 결국 용골대에게 항서를 보낸다.

많은 사람들이 잡혀 죽었는데 오직 박씨의 피화당에 모인 부녀자들만은 무사했다. 이를 안 적장 용골대가 피화당에 침입하자 박씨는 그를 죽이고, 복수하러 온 그의 형 용울대도 크게 혼을 내준다. 박씨는 도술을 발휘해 오랑캐의 침략을 막아 내지만 임금의 명에 의해 할 수 없이 적을 돌려보낸다.

왕은 박씨의 말을 듣지 않은 것을 후회하고 박씨를 충렬 부인에 봉한다. 박씨와 이시백은 국난을 극복하고 행복한 여생을 보내다 선계로 돌아간다.

박씨전 핵심보기

이 작품은 인조 때 일어난 병자호란을 배경으로 실재 인물이었던 이시백과 그의 아내 박씨라는 가공인물을 주인공으로 하여 이야기를 엮은 서사 문학이다. 이 소설은 여러 가지 면에서 자주성이 매우 강한 작품으로, 우리나라를 주 무대로 사건이 전개되면서 역사적인 실재 인물들을 등장시킨 점과 남존여비 시대에 여성을 주인공으로 설정한 점 등을 통해 작자의 주제 의식이 구현되고 있다.

바둑과 퉁소로 맺은 인연, 나라를 구하니……

조선시대 인조대왕 때 한양성 안 북촌 안국방에 성은 이(李)씨이고 이름은 귀(貴)라는 재상(광해군을 폐하고 인조를 옹립하는 데 공을 세움)이 살았는데 일찍부터 공부에 힘써 열 살 전에 총명함이 보통사람을 넘고 학문과 무예가 온 나라 안에서 가장 뛰어났다. 벼슬이 한 나라의 재상에 이르렀으며 나라를 충심으로 섬기고 백성을 인의로 다스려 그 이름을 온 천지에 떨쳤다.

상공이 어질고 무던한 마음씨와 재주와 덕으로 귀한 아들을 두었는데 그 아들의 이름은 시백(時白: 영의정을 지냄. 병자호란 때 남한산성 방어에 공을 세움)이었다. 어려서부터 총명하고 영리해서 하나를 들으면 열을 알고 열다섯 살이 되어서는 소두(小杜)

라 일컬어지는 두목(杜牧)의 풍채를 갖추고, 문장은 이백과 두보보다 뛰어났으며 필법은 진(晉)나라 때의 유명한 서예가 왕희지를 본받고, 지혜는 촉한(蜀漢)의 승상인 제갈량을 본받았으며 그에 겸비하여 초패왕이라 불리는 항우(項羽)와 같은 용맹을 가졌으니, 공이 금과 옥같이 사랑하였고 칭찬하지 않는 사람이 없었다. 그래서 그의 명망은 조정과 백성들에게 널리 퍼졌다.

상공은 바둑 두기와 퉁소 불기와 달 아래서의 낚시를 좋아하였는데 한 도인이 찾아와 퉁소 다루는 솜씨를 비교해 보니 조화가 끝이 없어 밝은 달을 가지고 놀며 꽃밭에 피었던 꽃들이 퉁소 소리에 흥을 못 이겨 떨어지는데 이런 재주는 한 나라에 한 사람뿐이다.

바둑 두기와 퉁소 불기에 맞상대가 없음을 아쉽게 여기고 있는데 하루는 어떤 사람이 다 떨이진 옷에 찌그러진 갓을 쓰고 파리하고 창백한 모습으로 와서는 하룻밤 머물고 가기를 청하므로 공이 자

세히 보니 비록 차림은 남루하나 보통사람과 달라 보였다. 공이 밝고 높은 식견으로 이런 도인을 몰라볼 리가 없었다. 한 번 보고 마음속으로 생각하기를,

'저 사람의 근본이 촌사람이라면 어떻게 당돌하게 마루 위로 올라오겠는가. 분명히 보통사람은 아닐 거다.'

하여 상공이 말하기를,

"어떠한 귀객이신지 모르지만 이처럼 누추한 곳을 찾아 주시니 황공합니다."

하며 마루에 오르라고 요청하니 그 사람이 마루에 올라 자리를 잡고 앉은 다음 서로 자신의 성과 이름을 알려주며 인사를 하는데 그 사람이 말하기를,

"저는 본래 부산 사람으로 이름난 산의 큰 절들

을 찾아다니며 돌부처를 벗 삼아 세월을 보내고 있었사오나 지금은 쓸데없이 나이만 많아져서 널리 나아가 놀지 못하고 한갓 금강산에 머무르며 죽기만을 바라고 사는데 성은 박이고 세상 사람들이 부르기를 처사라고 하나이다."

공이 말하기를,

"나의 성은 이요, 세상 사람들이 부르기를 덕춘이라 합니다."

하고 무릎을 가다듬고 말하기를,

"귀하신 손님이 어쩐 일로 이렇게 누추한 곳에 오셨습니까?"

처사가 대답하기를,

"나는 산속에 있어서 바둑 두기와 통소 불기를 좋아하는데 소문에 듣자니 상공께서 저처럼 바둑 두기와 통소 불기를 좋아하신다 하기에 천리를 멀다 않고 상공의 문하에 구경하려고 왔습니다."

그 사람의 말이 정직함을 보고 기이한 사람인 줄 알고 공이 흔쾌히 윗자리를 피하여 내려와서 말하기를,

"어찌 보잘것없는 보통사람이 신선의 문답에 대꾸를 하겠습니까?"

하고 공이 겸손하게 말하기를,

"평생에 적수가 없는 것을 한탄하였는데 처사를 대하니 반가움을 이기지 못하고 있던 차에 선생의 높은 퉁소 소리를 어찌 따라 화답하겠습니까? 용렬한 사람이 가르치심을 본받을까 하여 주인인 제가 먼저 시험해 보겠습니다."

하고 한 곡조를 부니 청아한 소리가 구름 속에 사무치는데 그 노래에 이르기를,

"창 앞에 모란꽃 송이 다 떨어져 화단 위에 가득하도다."

하였다. 처사가 그 노래를 다 듣고 칭찬하며 말하기를,

"객이 주인의 노래만 듣기 미안하니 퉁소를 빌려 주시면 객도 미숙한 곡조로 화답할까 하나이다."

공이 불던 옥피리를 전해 주니 처사가 받아서 한 곡조를 화답하는데 그 노래에 이르기를,

"푸른 하늘에 날아가는 청학, 백학이 춤을 추고 화원에 꽃이 피어 가득가득하도다."

하였다. 듣기를 다하고 매우 칭찬하며 말하기를,

"저같이 용렬하고 둔한 재주로도 세상의 칭찬을

듣습니다만 나의 통소 소리는 다만 꽃송이만 떨어질 뿐인데 선인의 피리 소리는 봉황이 춤추고 떨어지는 꽃을 다시 피어나게 하시니, 옛날 한고조를 도와 천하를 통일한 장자방의 곡조로도 비교할 수 없습니다."

하고 칭찬하였다. 이로써 주인과 손님이 되어 바둑과 통소로 여러 날을 보내더니 하루는 처사가 상공에게 부탁하기를,

"듣자하니 상공께 귀한 아드님이 있다 하니 한번 보기를 부탁합니다."

공이 허락하고 아들 시백을 부르니 공자가 명을 받들고 들어와 인사를 하는데, 처사가 인사를 받고 자세히 보니 만고의 영웅이 될 재목이고 일대 호걸이며 어지러운 때에는 싸움터에 나가 장수가 되고 평시에는 재상이 되어 정치를 할 기상이 아름다운 얼굴에 은은히 나타나니 마음에 기쁨을 이기지 못해 즉시 상공에게 청하여 말하기를,

"미천한 사람이 상공을 찾

아온 것은 다름이 아니라 상공께 부탁드릴 일이 있어서입니다."

공이 듣고 대답하기를,

"무슨 말씀이신지 자세히 듣고 싶습니다."

처사가 말하기를,

"제게 딸이 하나 있는데 나이가 열여섯 살로 부부가 될 인연을 정하지 못하였으므로 두루 널리 구하다가 다행히 존귀한 가문에 들어와 귀하신 아드님을 보니 마음에 드는군요. 저의 못난 자식이 어리석고 둔하고 단순하고 순박하지만 존귀하신 가문에 받아들이실 만하오니 외람되나 혼사를 정하는 것이 어떻겠습니까?"

상공이 생각해 본 후,

'박 처사의 도리와 인덕이 저러하다면 딸도 평범할 리는 없을 것이다.'

처사가 다시 말하기를,

"상공은 한 나라의 재상이시나 저는 산속에 묻혀 사는 보잘것없는 촌사람인데 저의 딸아이를 존귀하신 집안과 혼인을 청하는 것이 안 될 일이지만 제 뜻을 저버리지 않으시면 여한이 없을 것 같습니다."

상공이 기뻐하여 혼인을 허락하므로 처사가 반겨하며 즉시 택일을 하니 석 달 뒤가 되었다.

혼인을 완전히 정하고 술과 음식을 내어서 서로 권하며 바둑 두기와 밝은 달이 비치는 창가에서 옥퉁소 불기를 즐기다가, 하루는 처사가 떠나려고 하므로 상공이 못내 슬퍼 상심되지만 어쩔 수 없이 작별하여 보내니 처사는 산속으로 돌아갔다.

그 후 상공이 여러 가족들을 모아 놓고 처사의 딸과 정혼한 것을 이야기하니 부인과 여러 가족들이 혼인을 정하였다는 말을 듣고 크게 책망하여 말하기를,

"혼인은 인륜지대사입니다. 어찌 재상 집안에서 근본도 모르는 산중 처사의 여식과 혼인을 약속하오며 가족들도 모르게 정혼을 하시니 어찌된 일입니까?"

상공이 웃으며 말하기를,

"들으니 처사의 딸이 재주와 인덕이 많고 사람 됨됨이가 요조숙녀라 하기에 결혼을 승낙하였다."

고 하며 가족들의 식견이 모자람을 한탄하였다.

혼인날이 닥쳐 혼사를 준비할 때에 몸가짐과 차

림새를 위엄 있게 갖추고 혼사에 필요한 행렬이 신부 집으로 출발하는데, 공이 직접 신랑을 이끌고 가는 후배(혼인할 때 신랑이나 신부를 데리고 가는 사람)를 서서 행렬을 이끌고 길을 떠났다. 신랑이 훌륭한 말에 관복을 갖추어 입고 큰길 위로 떳떳하게 가니 어린 소년의 풍채가 신선이나 다름없었다.

여러 날 만에 금강산에 다다라 보니 산천경개도 빼어나고 갖가지 색깔의 화초들은 활짝 피었는데 벌과 나비는 쌍쌍이 날아들어 꽃송이를 보고 춤도 추고, 푸른 버들가지가 늘어졌는데 황금 같은 꾀꼬리는 조화로운 목소리를 높여 벗을 불러 사람의 흥을 돋우었다.

경치를 구경하면서 점점 들어가니 인적이 뜸하여 간 바 흔적이 없으므로 찾을 길이 없어 주점을 찾아 쉬고, 이튿날 다시 걸어서 산골짜기로 들어가니 인적은 전혀 없고 층층이 늘어선 바위들이 병풍을 두른 듯하고, 산골짜기의 물은 잔잔하게 흘러 남청을 부르는 듯, 박새는 슬피 울어 허황한 일을 비웃는 듯, 두견새 소리는 처량하여 사람의 어리석은 회포를 돕는 듯하였다.

공이 자신의 일을 돌아보니 오히려 허황하여 후회해도 소용없으므로 마음속으로 어찌된 일인지 몹시 의아해 했다. 어느 사이엔가 해는 서산으로 지고 달이 동쪽 고갯마루로 떠오르니 어쩔 수 없이 또 다시 주막을 찾아가 쉬고, 이튿날 산골짜기로 찾아 들어가는데 깊은 산골짜기에 갈 곳을 생각하니 어디로 가야할지 전혀 방법이 없어 나아갈 수도 없고 돌아갈 수도 없는 지경이었다.

공이 동쪽을 바라보고 생각하기를,

'중국 한나라 종친이었던 유비는 남양 땅에 삼고초려(三顧草廬:촉의 유비가 제갈량의 집을 세 번 찾아가서 그를 군사로 삼은 일)하여 와룡 선생이라는 제갈량을 만났다고 하더니 내게는 허황된 일이로다.'

하고 잠시 망설이는데 산골짜기에서 유인곡(幽人曲:隱者의 노래)이라는 노래를 부르며 목동 세 사람이 내려오므로 공이 반겨서 말하기를,

"저기 가는 아이들아, 거기 좀 섰거라."

하고 공이 그 아이들에게 말하기를,

"앞길을 가리켜 주어 지나가는 사람의 약한 마음

을 맑게 이끌어 주는 것이 어떻겠는가."

초동이 대답하기를,

"이곳은 금강산이고 이 길은 박 처사가 사는 곳으로 통한 길인데 우리는 박 처사 사는 곳에서 내려오는 길입니다."

공이 반가워하며 묻기를,

"지금 박 처사가 댁에 계시더냐?"

초동이 다시 대답하기를,

"계시다는 말씀은 옛 노인이, '수백 년 전에 이곳에 있는 사람이 나무를 얽어 집을 만들고 나무 열매를 먹으며 생활하면서 높으신 이름을 박 처사라 일컫고 사시는데 잠자는 곳을 모른다.' 라고 말씀하시는 것만 들었을 뿐이고 지금 살고 계신다는 말은 처음 듣는 말입니다."

하는데 공이 들으니 정신이 아득하였다. 또 묻기를,

"처사가 그곳에서 산 지는 몇 해나 되는가?"

동자가 미소를 지으며 말하기를,

"거기서 사신 지는 삼천삼백 년이라고 하더군요."

다시는 묻는 말에 대답하지 않고 가므로, 공이 이 말을 들으니 더욱 의심이 되어 하늘을 쳐다보고 크게 웃으며 말하기를,

"세상에 허황되고 미덥지 않은 일도 많구나."

하고 망설이다가 다시 생각하고 주점에 돌아와 머무는데 시백이 부친을 위로하며 말하기를,

"지나간 이야기로 후회하실 것 없이 도로 돌아가시는 것이 나을 것 같습니다."

하니 공이 웃으며 말하기를,

"그저 돌아가도 남의 웃음을 면치 못할 것이고 돌아가지 말자고 하니 허황하기 이를 데 없구나. 내일은 바로 혼인을 하기로 한 그날이다."

하고 그 이튿날 노복들을 데리고 길을 재촉하여 반나절을 산속으로 왔다 갔다 하여 기진맥진할 정도로 찾고 있자니, 오후쯤 되어서 한 사람이 허름한 옷차림으로 대나무 막대기를 짚고 산속에서 내려오는데 이가 곧 박 처사였다.

처사가 상공을 보고 반기며 말하기를,

"저 같은 사람과 인연을 맺어 여러 날을 깊은 산

골짜기에서 마음이 매우 불편하게 지내셨을 것 같아 죄송스러워 몸 둘 바를 모르겠습니다."

공이 웃고 서로 이야기를 한 후 처사가 공을 데리고 산속으로 들어가니, 이때는 바로 한창 무렵의 봄이라 화초는 좌우에 만발하여 있는데 벌 나비는 쌍쌍이 날아들어 꽃을 보고 반겨 춤도 추고 늙은 소나무는 늘어지고 수양버들은 실버들이 되고 그 가운데 황금 같은 꾀꼬리는 실버들 사이를 왔다 갔다 하며 거문고 소리 가득 울려 퍼지니, 공이 생각하기를 정말로 속세를 떠나서 신선 세상에 들어선 듯하였다.

처사가 공에게 말하기를,

"저는 본래 가난하여 손님을 접대할 객실도 없고 달리 머무시게 하면서 대접할 집도 없사오니 돌 위에나마 잠시 편안히 앉으십시오."

하고 낙락장송 밑에 돌마루를 정결하게 다듬어 놓았는데 자리를 정하고 앉아서 처사가 말하기를,

"산중에서 예의와 도리를 갖출 수는 없는 것이라 미안하기가 헤아릴 수 없사오나 혼인의 예식을 되는 대로 합시다."

하고 결혼식을 올리는데, 공이 시백을 데리고 교

배석(交拜席:혼인 때 신랑과 신부가 절을 하는 자리)에 들어가니 처사가 신랑을 인도하여 내당으로 들어가고 난 뒤 공이 돌마루로 나아가 바로 앉으니, 이윽고 처사가 나와 송화주를 권하며 말하기를,

"산속에서 나는 음식들이라 별맛은 없을 것이지만 흉보지 마십시오."

하고 여러 잔을 서로 권하였다. 처사가 저녁밥을 차려 먹인 후 다시 또 공에게 술을 권하니 술이 몹시 취하여 다시 먹고 싶은 생각이 없게 되었다. 공과 노복들이 술을 이기지 못하여 정신없이 졸았는데 조금 뒤에 깨어 보니 날이 이미 밝아 있었다.

처사를 불러서 말하기를,

"어제 먹은 술은 정말로 인간 세상의 술이 아니고 신선의 술인 듯합니다."

처사가 웃으며 말하기를,

"송화주 한잔에 그렇게 취하여 계십니까?"

공이 대답하기를,

"인간 세상의 평범한 사람이 신선의 한잔 술을 겁 없이 마셨으니 정말로 과분하더군요."

하며 서로 이야기를 하다가 이날 돌아가겠다고 말하니 처사가 말하기를,

"이곳은 산골이 깊고 머니 이번 길에 제 딸아이를 데리고 가십시오."

공이 옳다고 여겨 허락하자 처사가 행랑을 꾸리는데 신부의 얼굴은 얇은 비단 천으로 가리어서 남이 보지 못하게 하고는 공에게 말하기를,

"가신 후에 다시 만납시다."

공이 처사와 아쉽게 헤어진 후에 며느리를 데리고 그 산어귀를 내려오니 해가 서산에 지므로 주막을 찾아들어가 쉬었는데, 그제서야 신부의 생김새를 보니 얼굴 가운데 거칠고 더러운 때가 줄줄이 맺혀 마마 자국의 얽은 구멍에 가득하며, 눈은 달팽이 구멍 같고 코는 심산궁곡의 험한 바위 같고 이마는 너무 벗겨져 태상노군(太上老君: 老子의 존칭)이라는 노자의 이마 같고, 키는 팔 척이나 되는 장신인 데다가 팔은 늘어지고 한쪽 다리는 저는 듯해서 그 용모를 차마 보지 못할 정도였다.

공과 시백이 한 번 보고 정신이 아득하여 다시는 대할 마음이 없어 부자가 서로 말없이 있으나 어찌

할 수 없었다. 그냥저냥 날이 새니 길을 재촉하여 여러 날 만에 서울에 도착하여 집에 들어가니 일가 친척이 신부를 구경해 보려고 모두 모였는데, 신부가 가마에서 내려 곁방으로 들어가 얼굴을 가렸던 얇은 비단 천을 벗어 놓으니 일대 가관인 형상이었다. 방 안의 사람들이 모두 다 보고,

"구경은 처음 하는 구경이라."

하며 서로 얼굴만 쳐다보다 그날부터 비방하는 일이 무수하게 많았다. 비록 경사이나 오히려 걱정할 일이 생긴 집 같았다.

모든 사람들이 다 경황없어 하는 중에 부인이 공을 원망하며 말하기를,

"서울에도 높고 귀한 집안의 아리따운 숙녀들이 많은데 구태여 산속에 들어가 남의 웃음을 사게 하십니까?"

공이 크게 나무라며 말하기를,

"아무리 빼어나게 아름다운 사람을 얻어 며느리로 삼더라도 여자로서의 행실이 바르지 못하면 인륜이 패망해 버리며 가문을 온전하게 지켜 나가지 못할 것이요, 비록 괴상한 인물이라도 덕행이 있으면 한 가문이 매우 행복하고 복록을 누릴 것이니

무슨 말씀을 그렇게 하시오?

지금 며느리의 얼굴은 비록 추하지만 옛날 어진 어머니였다는 태임과 태사와 같은 덕행이 있으니 하늘이 우연히 도우시어 저러한 어진 며느리를 얻어 왔는데 부인은 사람을 알아보는 식견이 없는 말을 다시는 하지 마오."

부인이 대답하기를,

"대감의 말씀이 당연하지만 자식의 부부 사이에 오가는 즐거움이 없을까 걱정이 됩니다."

공이 대답하기를,

"자식의 화목과 즐거움 여부는 우리 집 가문의 흥망에 있는데 무엇을 근심하겠습니까? 그러니 부인도 조심하여 구박하지 마시오. 부모가 사랑하면 자식이 어찌 즐겁지 않겠습니까?"

하며 경계해 마지않았다.

이때 시백이 박씨의 추하고 보잘것없는 얼굴을 보고 한편으로는 미워도 하면서 얼굴을 대하지 않으니 남녀 노비들도 또한 같이 미워하였다. 그러므로 낮이고 밤이고 방 안에 혼자 있어 잠자기만 일삼았는데 시백이 더욱 언짢아 내보내고 싶었지만

부친이 두려워 감히 마음대로 못하니, 공이 그 낌새를 알고 시백을 불러 꾸짖어 말하기를,

"사람이 덕행을 모르고 겉보기에 아름다운 것만 찾으면 그 일이 곧 가문을 망치는 근원이라. 내 듣자하니 부부가 화목하고 즐거워하지 않는다 하니 그렇게 하고 어떻게 몸을 닦고 집안을 다스린다는 말이냐!"

하고,

"옛날 제갈량의 아내 황발 부인은 비록 인물이 추하고 보잘것없었으나 재주와 덕망을 함께 갖추었으므로 공명의 도덕이 삼국에 으뜸이요, 그 이름을 천하에 전하는 것이 모두 부인의 교훈에 따른 까닭이라 하였으니, 경솔하고 성급하게 버렸다면 바람과 구름을 일으키고 변화시키는 재주를 누구에게 배워 영웅호걸이 되었겠는가. 너의 아내도 비록 얼굴은 아리땁지 못하나 보통사람을 뛰어넘은 절행과 비범한 재질이 있을 것이니 부디 가볍게 여기지 마라."

하고,

"부모가 개와 말이라도 사랑하면 자식이

또한 따라 사랑하는 것이 그 부모를 위하는 것이니라."

하고,

"하물며 내가 총애하는 사람을 박대하면 이는 부모를 모르는 것이니 어떻게 부모를 섬기는 것이라고 할 수 있겠는가. 그런 까닭으로 인륜이 피폐해지고 망하는 것이니 부디 각별히 조심하여 옛 법도를 어기지 말아라."

하시는데 시백이 이 말을 듣고 나서 머리를 조아리고 잘못을 빌며 말하기를,

"사람을 모르고 인륜을 패망하게 하였으니 만 번 죽어도 아까울 것이 없는 큰 죄를 지었습니다. 이후로는 어떻게 다시 가르치심을 저버리겠습니까?"

공이 또 말하기를,

"네가 그렇게 알고 있다면 오늘부터 부부간에 화목하고 즐겁게 지내겠느냐?"

하시는데 시백이 아버지의 명을 거역하지 못해서 없는 정이 있는 척하고 마음을 단단히 먹고 내당에 들어가 보니 부친의 훈계는 헛일이고 박씨를 미워하는 마음이 전보다 더 커지는 것이었다. 등잔 뒤

에서 부채로 얼굴을 가리고 밤을 지내더니 이윽고 닭 울음소리가 나므로 즉시 나와 부모님 앞에 문안하니 상공이 어떻게 그런 줄을 알겠는가.

상공이 또 하루는 노복들을 꾸짖어 말하기를,

"내 들으니 너희들이 어진 윗사람을 몰라보고 멸시한다 하니 만일 다시 그렇게 한다 하면 너희들을 죽음에 이르도록 엄하게 다스리리라."

하시니 노복들이 두려워하며 잘못을 빌었다.

이때에 부인이 박씨의 일을 몹시 원통하게 여겨 시비 계화를 불러 말하기를,

"집안에 운수가 불행하여 허다한 사람들 중에 저런 것이 며느리라 하고 생겼으나 쓸데없는 가운데서도 게을러 잠만 자고 여자들이 하는 길쌈질 재주는 없는 것이 밥을 많이 먹으려고 하니 어디다가 쓴다는 말인가. 오늘부터는 아침밥과 저녁밥도 적게 먹이겠다."

하고 수없이 허물을 자아내어 험담을 하니 친척들도 화목하고 즐겁게 대하지 않았다.

박씨는 여러 사람들이 구박하는 것을 비웃어 넘기면

서 계화를 불러 말하기를,

"대감께 여쭐 말씀이 있으니 사랑(舍廊:안채와 떨어져 바깥주인이 거처하며 손님을 접대하는 곳)에 나아가 말씀드려라."

하므로 계화가 즉시 나아가 그 말씀을 상공께 고하니 공이 바로 들어오자 박씨가 태연스럽게 한숨을 쉬고 여쭈기를,

"복이 없는 인물이 얼굴과 모양이 추하고 볼품없어 부모께 효도도 못하옵고 부부간에 화락하지도 못하옵고 가정이 화목하지도 못하오니 이른바 무용지물입니다. 자식으로 아신다면 후원에 초가집 세 칸만 지어 주시면 마음에 품은 생각에 좋을 듯합니다."

하며 말을 마치고 눈물을 흘리며 애원하는데, 공이 그 모습을 보고 같이 눈물을 흘리며 불쌍히 여겨 말하기를,

"자식이 변변하지 못하고 못나 내 가르침을 듣지 않고 너를 박대하니 이는 집안의 운수가 길하지 못한 탓이다. 그러나 내 때때로 타일러서 조심시킬 것이니 안심하여라."

하시는데 박씨가 그 말을 듣고 감격하여 다시 여

쭈기를,

"대감의 말씀은 지극히 감사하여 어찌할 바를 모르겠으나 이것은 애당초에 못난 며느리의 용모가 추하고 보잘것없으며 덕행이 없는 탓이오니 누구를 원망하겠습니까? 이 못난 며느리의 소원대로 뒷마당에 초가집을 지어 주시기 바랍니다."

공이 말하기를,

"그렇게 하리라."

하시고 바깥채로 나와 시백을 불러 꾸짖어 말하기를,

"네가 내 가르침을 몰라서 말을 거역하니 그렇게 하고 어디다가 쓰겠느냐!"

하고 또,

"효도를 모르는데 충성을 어떻게 알겠느냐. 네가 아비의 명을 거스르고 마음을 고치지 아니하면 부자간의 정의는 고사하고 네 아내가 원망을 품을 것인데, 여자는 한쪽으로 치우치는 성질이 있으니 뒷일을 모를 뿐만 아니라 '한 여자가 한을 품으면 오뉴월에도 서리가 내린다' 하였으니 네가 아비의 명을 어떻게 하며 만일 불행히도 남편 없이 혼자 빈 방에서 외롭게 밤을 지내는 것을 슬퍼하다가 스스로 목숨이라도 끊으면 첫째는 임금께서 너그럽게 받아들이지 못하실 죄인이고, 둘째는 집안의 재앙이 될 것이니 어떻게 걱정하지 않을 수 있겠느냐.

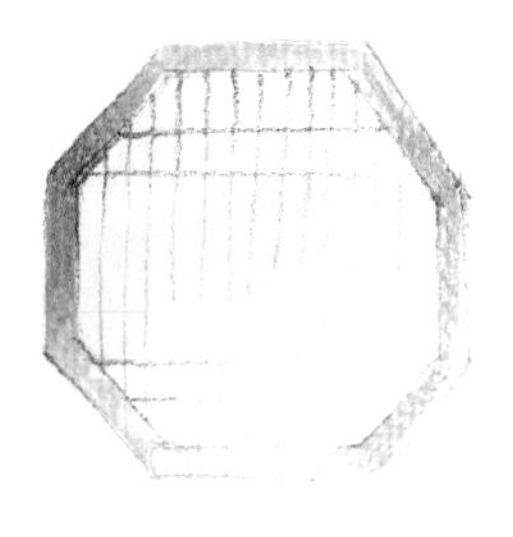

어떻게 된 사람이길래 미색만 생각하고 고치지 않는 것이냐."

시백이 엎드려 사죄하여 말하기를,

"소자가 못나서 아버님의 가르치심을 거스르고 부부간에 화락하지 못하오니 그 죄는 만 번 죽어도 억울하지 않습니다. 다시야 어떻게 거역하겠습니까."

하고 나와서 생각하기를,

'다음부터는 그러지 말아야겠다.'

하고 마음을 가다듬어 다시 박씨의 방에 들어가니 눈이 저절로 감기고 얼굴을 보니 기절할 지경이었다. 아무리 마음을 단단히 먹어도 그 괴물을 보고서야 어떻게 마음을 움직일 수 있겠는가.

공이 그 일을 알고 급히 후원에 곁방을 지어 주고 몸종 계화로 하여금 같이 지내도록 하니 박씨의 불쌍하고 가련함을 차마 못 볼 지경이었다.

이러는 중에 임금께서 공에게 명하여 일품(一品)의 벼슬로 올려 주시고 명을 내리시어,

"내일 궐 안으로 들어오라."

하시니 공이 북쪽을 향하여 네 번 절하고 벼슬아치가 입궐할 때 입는 조복(朝服)을 갖추려고 하는데,

"헌옷은 색이 바래고 새 옷은 미처 준비하지 못하였는데 내일 당장 궁궐에 들어가 임금님을 뵈라는 명령이 내려 계시니 하룻밤 사이에 어떻게 준비하겠는가."

하고 걱정해 마지않으니 부인이 말하기를,

"일이 급하게 되었으니 아무쪼록 바느질 잘하는 사람을 데려다가 지어 봅시다."

하며 서로 걱정을 태산같이 하고 있는데, 이때 계화가 이 말을 듣고 후원의 초당에 들어가 상공의 벼슬이 높아진 일이며 조복으로 걱정을 하여 낭패스럽게 된 일을 여쭈니 박씨가 듣고 계화에게 말하기를,

"일이 급하다면 조복 지을 감을 가져오너라."

하니 계화가 더욱 신기하게 여겨 박씨의 얼굴을 보며 급히 상공에게 여쭈니 공이 크게 기뻐하며 말하기를,

"나의 며느리가 신선의 딸이라 반드시 뛰어난 재주가 있을 것이다."

하고 조복 감을 급히 가져다 주라 하시니 공의 부인이 크게 웃으며 말하기를,

"제가 겉모양이 그런데 무슨 재주가 있겠는가?"

하고 여러 사람들도 또한 말하기를,

"옷감만 버릴 것이니 들여보내지 않는 것이 옳겠다."

하고 의견이 분분한데 공이 웃으며 말하기를,

"속담에 말하기를 '중국 형산에서 얻었다는 백옥이 티끌과 흙 속에 묻혀 있고 보배와 구슬이 돌 속에 들어 있으나 안목이 없으면 알아보지 못한다' 하였으니 인품은 측량하기가 어려운 것이라. 부인은 남의 속마음을 그렇게 가볍게 알고 경망스러운 말씀을 하십니까?"

하니 부인이 상공의 말씀을 거역하지 못하고 조복 감을 초당으로 보내고 염려가 적지 않았다.

계화가 조복 감을 박씨에게 드리니 박씨가 말하기를,

"이 옷은 혼자 지을 옷이 아니니 도와줄 사람을 몇 명 불러오너라."

하여 계화가 이 말씀을 상공께 여쭈니 바느질을 도와줄 사람을 불러 보내었다.

박씨가 촛불을 밝히고 옷을 짓는데 수놓는 법은 팔괘와 같고 바느질은 달 속 궁전에 산다는 항아(姮娥) 같으며, 대여섯 사람이 할 일을 혼자 하고 2, 3일 동안 할 일을 하룻밤 사이에 해 내니, 앞에는 봉황새의 수를 놓고 뒤에는 푸른 학의 수를 놓았는데 봉황은 춤을 추고 청학은 날아드는 듯하였다.

함께 바느질한 사람이 아뢰기를,

"우리는 우러러 볼 뿐이지 감히 따라하지는 못하겠습니다."

하고 감탄하였다.

박씨가 계화를 불러 말하기를

"조복을 대감께 갖다 드려라."

하니 계화가 받아들고 나와 상공께 드리니 공이 크게 칭찬하여 말하기를,

"이것은 신선의 솜씨지 인간의 솜씨는 아니구나."

하고 칭찬하였다.

공이 이튿날 조복을 입고 대궐 안에 들어가 공손히 절을 하니 임금께서 공이 입고 있는 조복을 자세히 보시다가 물으시기를,

"경(卿)의 조복을 누가 지었는가?"

공이 아뢰기를,

"신의 며느리가 지었습니다."

임금께서 말하시기를

"그러면 저런 며느리를 두고 굶주림과 추위에 파묻혀 남편 없이 혼자 빈방에서 외롭게 밤을 지내게 하는 것은 어떻게 된 일인가?"

공이 깜짝 놀라 엎드려 아뢰기를,

"두려워 어찌할 바를 모르겠사오나 전하께서는 어떻게 이처럼 자세히 아십니까?"

임금께서 말하시기를

"경의 조복을 보니 뒤에 붙인 청학은 신선의 세상을 떠나 푸른 바다 위로 왔다 갔다 하여 굶주리는 모습이고, 앞에 붙인 봉황은 짝을 잃고 우는 형

상이 분명하니 그것을 보고 짐작하였노라."

공이 대답하여 아뢰기를,

"신이 분명히 하지 못한 탓입니다."

임금께서 말하시기를,

"남편 없이 혼자 빈방에서 외롭게 밤을 지낸다는 것은 어떻게 된 일인가?"

공이 아뢰기를,

"자식이 아비의 가르침을 생각지 아니하고 부부간에 화락하지 못한 탓입니다."

임금께서 말하시기를,

"독수공방은 그렇다고 하고 매일 굶주림과 추위를 견디지 못하여 항상 눈물로 세월을 보낸다는 것은 어떻게 된 일인가?"

공이 두려운 마음을 가눌 수 없어 잠시 망설이다가 다시 아뢰기를,

"신은 바깥채에 거처하고 있어 안채의 일은 알지 못하오나 이는 다 신이 어리석고 둔한 탓이오니 그 죄는 만 번 죽어도 마땅할 것입니다."

임금께서 말하시기를,

"잘 알지 못하겠지만 경의 며느리가 비록 아름답

지 못하나 영웅의 풍채를 가지고 있도다. 푸대접하지 말라."

하시며 또 말하시기를,

"매일 흰쌀을 서 말씩 줄 것이니 지금부터 한 끼에 한 말씩 지어 먹이며, 경의 집안 식구들이 푸대접할 것이니 특별히 조심하라."

하시니 공이 절하여 하직하고 집으로 돌아와 집안사람들을 모아 놓고 부인에게 임금께서 내리신 가르침을 낱낱이 이야기한 후에 또 시백을 불러 꾸짖어 말하기를,

"부모의 마음을 편안하게 하는 것이 자식의 효성이고, 임금의 마음 편안한 것과 나라가 태평하고 백성들의 살기가 편안한 것이 모두 다 신하의 충성이라. 네 마음대로 하여 아비로 하여금 두려워 몸 둘 바를 모를 가르치심을 모시게 하며 또 여러 동료들에게 책망을 입게 하니 이는 모두 자식이 불효하기 때문이다."

하고 소리를 높여 크게 꾸짖으며 말하기를,

"너 같은 자식을 무엇에 쓰겠느냐!"

하여 꾸지람을 호되게 내리시니 시백이 두렵고

몸 둘 바를 몰라 엎드려 대답하기를,

"소자가 변변치 못하고 못나서 아버님의 가르치심을 거슬러 아버님께서 임금님께 황송한 처분과 대신들에게 무거운 책망을 받으시게 하였으니 그 죄는 만 번 죽어 마땅한 것이고 이렇게 화가 나시게 하였으니 두려워 어찌할 바를 모르겠습니다."

공이 분기를 이기지 못하여 한동안 말이 없이 있다가 한참 후에야 다시 임금께서 내리신 말씀을 낱낱이 이야기하며 또 이르기를,

"네가 다시 거역하면 첫째는 나라에 불충하는 것이 될 것이고 둘째는 부모에게 불효가 이를 데 없이 클 것이니 각별히 조심하여 지내라."

하니 그 후에 시백과 집안사람들이 박씨에게 푸대접하는 것이 덜하였다. 이때 박씨에게 매일 서 말씩 밥을 지어 들여 주었는데 박씨가 거뜬히 다 먹으니 구경하는 사람들이 모두 다 놀라며 이르기를,

"여장군이라!"

하였다.

시백은 아버지의 명을 거역하지 못하여 내외간에 함께 잠을 자려고 하였으나 부인을 보면 얼굴을 대

할 마음이 없어져서 부부간에 정이 점점 더 멀어져 갔다.

그러자 박씨가 초당의 이름을 피화당(避禍堂: 재앙을 피하는 집)이라고 써 붙이고 몸종 계화를 시켜서 뒤뜰 전후좌우에 갖가지 색의 나무를 심는데, 오색 흙을 가져다가 동쪽에는 푸른 기운을 따라서 푸른 흙을 나무 뿌리에 북돋우고 서쪽에는 흰 기운을 따라서 흰 흙으로 북돋우고 남쪽에는 붉은 기운을 따라서 붉은 흙으로 북돋우고 북쪽에는 검은 기운을 따라서 검은 흙으로 북돋우고 중앙에는 노란 기운을 따라서 노란 흙을 북돋우고 때를 맞추어 물을 정성으로 주니, 그 나무들이 하루가 다르게 자라서 모양이 엄숙하고 신기한 일이 있어서 오색구름이 자욱하고 나뭇가지에는 용이 서린 듯 잎은 범이 호령하는 듯 각색의 새와 무수한 뱀들이 변화가 끝이 없으니, 그 신기한 재주는 귀신도 비교할 수 없는 것이라 무식한 사람이야 누가 알아보겠는가!

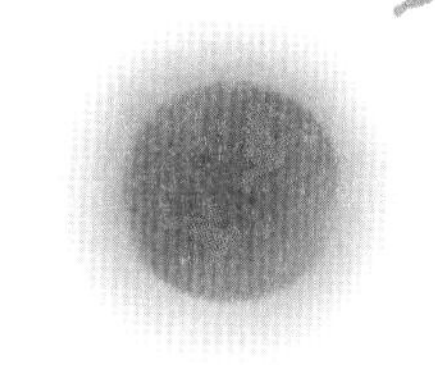

이때 공이 계화를 불러 말하기를,

"요사이 부인이 무엇을 하며 지내더냐?"

계화가 여쭈기를,

"후원에 갖가지 색깔의 나무를 심으시고 때를 맞추어 소녀로 하여금 물을 주어 기르라고 하셨습니다."

공이 듣고 계화를 따라 후원 좌우를 살펴보니 갖가지 색깔의 나무가 사면에 무성한데 그 모양이 엄숙하여 바로 보기 어려웠다. 그래서 계화를 붙들고 겨우 정신을 차려 보니 나무는 용과 호랑이로 변하여 바람과 비를 일으키려 하고 가지는 무수한 새와 뱀이 머리와 꼬리를 서로 맞물린 듯하여 변화가 무궁무진하므로 공이 깜짝 놀라며 감탄하여 말하기를,

"이 사람은 바로 신선이로다. 여자로서 이 같은 영웅의 큰 지략을 품었으니 신과 같이 밝은 재주를 이루 헤아릴 수 없을 것이다."

하시고 박씨에게 묻기를,

"저 나무를 무슨 까닭으로 심었으며 이 집의 이름을 피화당이라고 하였는데 잘 모르겠구나. 무슨 까닭이냐?"

박씨가 여쭈기를,

"길한 것과 흉한 것과 재앙과 복은 사람에게 늘 있는 일이지만 다음에 급한 일이 있더라도 이 나무로 방비를 할 수 있을 것이므로 그래서 심었습니다."

공이 그 말을 듣고 까닭을 물으니 박씨가 여쭈기를,

"또한 하늘의 도움을 받을 수 있는 시기인데 어떻게 하늘의 조화를 누설할 수 있겠습니까? 다음에 자연히 알게 되실 것이오니 남에게 말을 퍼뜨리지 마십시오."

공이 탄식하여 말하기를,

"너는 정말로 나와 같은 사람의 며느리가 되기에 아깝구나. 나의 팔자가 기박하여 도리를 모르는 자식이 아비의 가르침을 듣지 않고 부부간에 화목하고 즐겁게 지내지 않고 헛되이 세월만 보내고 있으니 내 생전에 너희 부부가 화락하게 지내는 것을 보지 못할 것이다."

하며 한탄하였다. 박씨가 무릎을 꿇고 앉아서 위로하여 말하기를,

"저의 용모가 용렬하여 부부간에 화락한 즐거움을 모르는 것이오니 이것은 모두 저의 죄이므로 누

구를 원망하겠습니까? 다만 제가 원하는 바는 남편이 과거에 급제하여 부모님께 영화를 보시게 하고 출세하여 자신의 이름을 세상에 드날리며, 나라를 충성으로 도와서 폭군이던 하나라 걸왕에게 올바른 말을 하였다는 용봉이나 은나라 충신 비간이 오랜 세월 길이 이름을 날림을 본받은 후, 다른 집안에서 아내를 맞아 자손을 보고 아무 탈 없이 오래오래 살면 저는 죽어도 여한이 없겠습니다."

하는데 공이 그 말을 들으니 그 넓은 마음에 못내 감탄하며 더욱 불쌍하게 여기며 눈물을 흘리니 박씨가 미안한 마음에 위로하여 말하기를,

"아버님께서는 잠깐만이라도 마음을 놓으십시오. 아무 때라도 설마 화목하게 지낼 때가 없겠습니까? 너무 근심하지 마십시오."

하였다. 박씨가 여쭈기를,

"남편의 허물을 드러내어 집안사람들이 다 불효하다고 낙인을 찍으면 이것은 모두 저의 허물이 될 것입니다. 제가 나쁜 사람으로 여겨질까 염려스럽습니다."

공이 듣고 감탄하여 그의 도량과 충성스럽고 후

덕함을 칭찬하였다.

하루는 박씨가 계화를 불러 말하기를,

"대감께 여쭐 말씀이 있으니 그렇게 아뢰어라."

하니 계화가 명을 받고 나와 상공께 아뢰니 공이 즉시 내당에 들어가 묻기를,

"잘 모르겠지만 무슨 말인지 듣고 싶구나."

박씨가 여쭈기를,

"집안이 매우 가난하지는 않지만 그렇다고 넉넉하지는 못하오니 저의 말씀대로 하십시오."

공이 반가워하며 묻기를,

"어떻게 하자는 말이냐, 자세히 말하라."

박씨가 말하기를,

"내일 종로에 심부름꾼을 보내시면 각처에서 사람들이 말을 팔려고 모였을 것인데 여러 말 가운데 작은 말 하나가 있을 것이니 피부가 헐고 털이 빠지고 깡마르고 핏기가 없이 핼쑥하여 겉모양은 볼품이 없지만 믿을 만한 종에게 돈 삼백 냥을 주어 그 말을 사 오라고 하십시오."

공이 들으니 허황되어 보였으나 며느리는 보통 사람과 다르다는 것을 알고 즉시 허락하고 나와 근면하고 성실한 종을 불러 분부를 내려 말하기를,

"내일 종로에 가면 말 장사들이 있을 것이니 말 하나를 사 오는데 여러 말들 중에서 비루먹고 파리한 망아지 한 마리가 있을 것이니 돈 삼백 냥을 주고 사 오너라."

하시며 돈을 주니 노복들이 받아 가지고 나와서 서로 이야기하기를,

"대감께서 무슨 까닭으로 비루먹고 파리한 말을 삼백 냥이나 주고 사 오라고 하시는지 이상한 일이로구나."

하고 서로 의심스럽게 여기며 그 이튿날 삼백 냥을 가지고 종로에 나가 보니 과연 말 열 필이 있는데, 그중에 비루먹고 파리한 망아지를 보고 임자를 찾아 값을 물으니 임자가 대답하기를,

"그 말 값은 닷 냥이지만 좋은 말도 많은데 하필 저렇게 볼품없는 것을 비싼 값을 주고 사다가 무엇 하려고 하십니까?"

하며,

"좋은 말을 사 가시지요."

라고 하는데 노복들이 대답하기를,

"우리 대감께서 그렇게 사 오라고 분부하셨습니다."

하니 장사가 말하기를,

"그러면 닷 냥만 내고 가져가시오."

하니 노복들이 말하기를,

"우리 대감 분부가 삼백 냥을 주고 사 오라 하셨으니 삼백 냥을 받고 주시오."

하였는데 장사가 대답하기를,

"원래 값이 닷 냥인데 어떻게 지나치게 비싼 값을 받으라고 하십니까?"

하니 노복들이 말하기를,

"대감의 분부대로 주는 것이니 여러 말 말고 받으시오."

하며 주었는데 장사가 어떻게 된 일인지 몰라 의심하면서 굳이 사양하고 받지 않으므로, 노복들이 마지못해서 억지로 백 냥을 주고 이백 냥은 숨겨 가지고 말을 이끌고 돌아와 여쭈기를,

"과연 망아지가 있었으므로 비싸게 삼백 냥을 주고 사 왔습니다."

공이 즉시 며느리에게 말을 사 온 이야기를 하니 박씨가 노복더러 가져오라 하여 자세히 보다가 말하기를,

"이 말의 값으로 삼백 냥 비싼 값을 주어야 쓸데가 있는데 잘 알지 못하는 노복들이 백 냥만 주고 이백 냥은 숨겨서 말 장사를 주지 아니하였으므로 쓸데없으니 도로 갖다 주라 하십시오."

공이 이 말을 듣고 박씨의 귀신같이 알아맞히는 능력에 감탄해 마지않으며 즉시 바깥채로 나와 노복들을 불러 꾸짖어 말하기를,

"너희들이 말 값 삼백 냥 중에 이백 냥을 감추고 일백 냥만 주고 사 왔으니 상전을 속인 죄는 차차 엄하게 다스릴 것이겠지만 숨긴 돈 이백 냥을 가지고 나가 말 주인에게 주고 오너라. 만일 우물쭈물하다가는 너희들의 목숨을 온전히 지키지 못할 것이다."

하니 노복들이 사죄하며 말하기를,

"이렇게 명백하게 아시니 어떻게 거짓말로 속일 수 있겠습니까? 과연 대감께서 시키시는 대로 삼백 냥을 전부 주었더니 그 말 값이 원래 닷 냥이라 하고 받지 아니하기에 어쩔 수 없이 억지로 백 냥만

주고 이백 냥은 감추어 두었는데 이렇게 신통하게 알아내시니 소인들의 죄는 만 번 죽어 아깝지 않을 만큼 큽니다."

하고 즉시 종로에 나가 말 장사를 찾아 돈 이백 냥을 주며 말하기를,

"이 사람아, 주는 돈을 고집하고 받지 아니하여 우리들이 상전에게 벌을 받게 되었으니 어찌 억울하지 않겠나."

하며 이백 냥을 억지로 맡기고 돌아와 여쭈기를,

"말 장수를 찾아 주었습니다."

하므로 공이 즉시 내당에 들어가 박씨에게 이야기하였는데 박씨가 여쭈기를,

"그 말을 먹이기를 한 끼에 보리 서 되와 콩 서 되를 죽을 쑤어 먹이되 3년만 세심히 주의하여 먹이십시오."

공이 허락하고 노복들을 불러 그렇게 분부하였다.

박씨가 망아지를 기른 지 3년 만에 훌륭한 말이 되어 걸음이 호랑이와 같이 날래므로 박씨가 시아

버지께 아뢰기를,

"아무 달 아무 날에 명나라 왕의 명을 받은 사신이 나올 것이니 그 말을 가져다가 사신이 오는 길에 매어 두면 사신이 보고 사려고 할 것이니 값을 삼만 냥 딱 잘라서 팔아 오라고 시키십시오."

공이 듣고 며느리의 말대로 노복을 불러 분부한 후 사신이 오기를 기다리니 과연 그날 사신이 온다고 하므로 노복들이 말을 끌고 나가 오는 길에 매어 두었더니, 사신이 보고 말을 파는가 물어오므로 노복이 대답하기를,

"팔 말입니다."

사신이 또 묻기를,

"값은 얼마나 받으려고 하느냐?"

"값은 삼만 냥입니다."

그 사신이 매우 기뻐하며 삼만 냥을 아끼지 않고 사 가므로 노복들이 받아 가지고 돌아와 상공께 말을 판 사연을 낱낱이 여쭈었다.

공이 삼만 냥을 얻게 되었으므로 집안의 재산이 풍부해져 박씨에게 묻기를,

"삼만 냥이나 되는 많은 값을 받았으니 잘 모르

겠구나. 어찌된 연고이냐?"

박씨가 여쭈기를,

"그 말은 천리를 달리는 훌륭한 말이나 조선은 작은 나라라 알아볼 사람도 없을 뿐 아니라 지역이 성기고 어설프게 생겨서 쓸 곳이 없습니다. 오랑캐 나라는 지역이 넓고 머지않아 쓸 곳이 있는데 그 사신이 훌륭한 말을 알아보고 삼만 냥을 아끼지 않고 사 간 것이고 조선이야 어떻게 준마를 알겠습니까? 그런 까닭으로 그 사신에게 팔았습니다."

공이 듣고 감탄해 하며 말하기를,

"너는 여자지만 만리를 밝게 보는 눈이 있으니 정말로 아깝구나. 만일 남자가 되었다면 나라를 구하는 충신이 되었을 것을, 여자가 된 것이 한스럽구나."

하며 탄식을 하였다.

나라가 태평하고 백성이 평안하며 곡식이 잘 되므로 나라에서 인재를 선발하려고 하여 과거를 보게 하는데 시백이 과거를 본다는 말을 듣고 과거장에 참여하려고 하였다.

그날 밤 박씨가 꿈을 꾸었는데 뒤뜰 연못 가운데

화초가 활짝 피어 있어 벌 나비가 날아드는 속에서 벽옥 연적이 변하여 푸른 용이 되어 푸른 바다에서 놀고 다니다가 여의주를 얻어 물고 빛깔 고운 구름을 타고 하늘의 서울인 백옥경(白玉京: 옥황상제가 사는 곳)으로 올라가는 것이 보이므로 꿈을 깨어서 생각하니 한바탕 꿈이라.

잠을 이루지 못하여 여러 가지 일을 생각하다가 동쪽 하늘이 밝아오기에 급히 나와 보니 과연 벽옥 연적이 놓여 있는데 자세히 보니 꿈에서 보던 연적이 분명하였다. 반갑게 여겨 갖다 놓고 계화를 시켜서 시백에게,

"여쭐 말씀이 있으니 잠깐 다녀가십시오."

하였는데 시백이 듣고 얼굴빛을 엄하게 하고 말하기를,

"왜 요망한 박씨가 감히 나를 부르느냐."

하며 꾸짖으므로 계화가 무안한 기분으로 들어와 부인께 사연을 아뢰었는데 박씨가 다시 계화를 시켜서 말을 전하기를,

"잠깐만 들어오시면 드릴 것이 있으니 한번 수고를 아끼지 마시옵소서."

하였는데 시백이 몹시 화를 내며 말하기를,

"요망한 계화를 다스려 그 요망함을 억제하도록 할 것이다."

하고 잡아내어 크게 꾸짖고 매 삼십 대로 엄하게 다스려 돌려보내니 계화가 맞고 울며 들어오니 박씨가 깜짝 놀라 하늘을 쳐다보며 탄식하여 말하기를,

"슬프다, 나의 죄 때문에 죄 없는 네가 무거운 벌을 받았으니 이렇게 분한 일이 어디에 있겠느냐."

하고 슬프게 탄식하고 계화를 불러 연적을 주며 말하기를,

"이 연적의 물로 먹을 갈아 글을 지어 바치면 장원 급제할 것이니 입신양명하거든 부모님 앞에서 영화롭게 사는 모습을 보여 드리고 가문을 빛낸 후에 저처럼 운명이 기구한 사람을 생각하지 말고 이름난 가문의 아름다운 숙녀를 아내로 맞아 태평스럽게 일생을 함께 늙도록 하십시오, 하여라."

계화가 명을 받고 가서 앞뒤 사연을 여쭈니 시백이 듣기를 다 한 다음 연적을 받아 보니 천하에 없는 보배였다. 오히려 슬프게 여겨 지난 일을 돌아

보며 스스로 책망하여 대답을 전하라고 이르기를,

"나의 어리석고 못남을 부인의 너그러움으로 풀어버리시고 마음을 놓으십시오. 태평스럽게 즐거움을 함께하기를 바랍니다."

하고 또 계화를 불러서 너무 지나치게 벌을 내린 것을 미안해 하며 좋은 말로 달래 주었다.

이튿날 과거장으로 들어가 글의 제목이 발표되기를 기다려 시험지를 펼치고 그 연적의 물로 먹을 갈아 단숨에 힘차게 글을 써내려 가서 모든 사람들에 앞서 글을 바치니 글이 매우 잘 되어 고칠 데가 없었다. 시백이 글을 바치고 방문이 나붙기를 기다리고 있으니 한참 후에 방을 내거는데 장원이 이 시백이었다.

높은 과거장에서 새로 문과에 급제한 사람을 들어오라고 재촉하는 소리가 온 서울 바닥에 쩌렁쩌렁 울리는데 시백이 공손히 몸을 구부리고 대궐 앞에 들어가 대기하고 있으니 임금께서 급제한 사람들을 나아가고 물러나게 하시고 시백을 가까이 와서 서라고 하시어 자세히 보시다가 칭찬해 마지않으시며 나라에 충성을 다할 것을 거듭 당부하시었다.

시백이 절하여 은혜에 감사하는 예를 올리고 집으로 돌아오는데 임금께서 내리신 어사화(문·무과에 급제한 사람에게 임금이 주는 종이꽃)를 머리에 꽂고 몸에 금과 옥으로 된 띠를 두르고 말 위에 뚜렷이 앉았으니 바람이 가볍게 나부끼는 듯한 풍채도 좋을 뿐만 아니라 갖춘 기구도 찬란했다.

청색과 홍색이 어우러진 깃발을 앞세우고 사방을 에워싼 악대들의 앞뒤좌우 풍악 소리 장안에 진동하며 한 사람의 소년이 말 위에 침착하게 앉아 물밀 듯 나오니 모습이 정말 인간 세상에 내려온 신선이라. 구경하는 사람이 누가 칭찬하지 않겠는가?

집에 돌아와 풍악을 갖추고 큰 잔치를 베풀어 며칠을 즐기는데 이처럼 좋은 일에 박씨는 참여하지 못하고 홀로 적막한 초당에 앉아 있으니 어떻게 슬프지 않겠는가.

계화는 박씨가 빈방에서 홀로 적막하게 지내는 고초를 불쌍하게 여겨 박씨에게 아뢰기를,

"요사이 경사로 며칠씩 베풀어진 잔치에 일가친

척이 아래 위 사람 없이 즐기고 있는데 부인은 홀로 참여하지 못하고 적막한 초당에서 근심 걱정으로 세월을 보내시니 제가 뵙기에 기분이 우울하고 답답하여 매우 딱하게 여겨집니다."

박씨가 태연하게 말하기를,

"사람의 화목하고 복록 있음과 길하고 흉한 것은 하늘에 있으니 무슨 슬픔이 있겠느냐?"

계화는 이 말을 듣고 부인의 너그러움과 어진 마음을 못내 감탄하였다.

세월이 물과 같이 흘러 이미 3년을 시집에서 괴롭고 어려운 일을 겪으며 지내었으니 박씨가 슬픔을 이기지 못하여 상공께 아뢰기를,

"제가 시집을 온 지 4년인데 친정의 소식을 알지 못하였으니 잠깐 다녀올까 합니다."

하므로 공이 듣고 대답하기를,

"이곳에서 길이 수백 리 험한 길에 남자도 드나들기 어려운데 가녀린 여자의 몸으로 어떻게 오가려고 하느냐?"

박씨가 다시 아뢰기를,

"험한 길에 드나들기가 어려운 줄은 알고 있습니

다만 염려 마시고 가게 해 주십시오."

공이 말하기를,

"네가 부득이 간다 하니 말리지는 못하겠으나 내일 장비를 갖추고 노복들을 딸려 보내 주겠으니 다녀오너라."

박씨가 또 말하기를,

"장비와 노복들은 놓아두십시오. 저 혼자 말을 타고 가서 며칠 안으로 다녀오겠습니다. 번거로이 남들에게 이야기하지 마십시오."

공이 며느리의 재주를 아는 까닭에 어쩔 수 없이 허락하였으나 어떻게 된 일인지 그 이유를 알 수 없어 마음속으로 염려되어 잠잘 때나 밥을 먹을 때나 한시도 안심이 되지 않았다.

박씨가 초당으로 돌아와 계화를 불러 말하기를,

"내 잠깐 친정에 다녀올 것이니 너만 알고 번거롭게 남에게 이야기하지 말아라."

하고는 그날 밤에 혼자 떠나가는 것이었다. 며칠이 지나니 박씨가 과연 돌아와 공에게 사흘 동안의 문안을 하므로 공이 보고 깜짝 놀라고 크게 기뻐하며 말하기를,

"우리 며느리의 신기한 술법은 귀신도 짐작하지 못하겠구나."

하며 친정아버지의 안부를 물으니 박씨가 대답하기를,

"아직은 건강도 여전하신데 아무 달 아무 날 오신다고 하셨습니다."

공이 하루하루 처사가 오기를 기다리는 것이었다. 누구라서 박씨가 축지법을 쓰는 줄 알 것인가.

하루는 처사 온다는 날이 되어 공이 혼자 바깥채에 앉아 있는데 박 처사가 들어오니 공이 옷과 갓을 똑바로 차려입고 마당에 나와 맞아들여서 예의를 갖추어 인사를 마치고 자리를 잡아 앉은 다음, 그 사이에 만나 보지 못했던 아쉬운 마음을 서로 이야기하며 술과 음식을 내어 대접하는데 술이 반쯤 줄어들자 이공이 처사에게 말하기를,

"높으신 손님을 뵈오니 반가운 마음은 비길 데 없으나 한편으로는 미안한 마음을 헤아릴 수 없습니다."

처사가 대답하기를,

"무슨 말씀이신지 알고 싶습니다."

공이 대답하기를,

"내 자식이 못나고 변변치 못해서 귀한 따님을 박대하여 부부간에 화목하고 즐겁게 지내지 못하므로 늘 깨우쳐서 삼가게 하였으나 끝내 아비의 명을 거역하니 어떻게 불안하지 않겠습니까."

처사가 대답하기를,

"공의 넓으신 덕으로 나의 보잘것없고 추한 자식을 더럽다고 하지 않으시고 지금까지 슬하에 두시니 감사한 마음이 끝이 없는데 이렇게 말씀하시니 오히려 미안합니다. 사람에게 있어 팔자의 길하고 흉함과 괴롭고 즐거움은 하늘의 뜻에 달려 있는 것이니 왜 지나치게 근심하겠습니까."

공이 듣고 더욱 미안하게 여겼다. 공이 처사와 함께 날마다 바둑과 음률로 시간을 보내더니 하루는 처사가 들어가 딸을 보고 조용히 이르기를,

"너의 액운이 다 끝났으니 누추한 겉껍질을 벗어라."

하고 껍질을 벗고 모양을 변화하는 술법을 가르치고 말하기를,

"네가 껍질을 벗고 모양을 바꾸어 누추한 허물을 벗거든 그 허물을 버리지 말고 시아버님께 여쭈어 옥으로 만든 상자를 만들어 달라고 하여 그 속에 넣어 두어라."

하고 나와 즉시 작별하는데 아버지와 딸이 헤어지는 애달픈 정리는 비할 데가 없었다. 처사가 바깥채로 나와 공과 작별하는데 이공이 며칠을 더 묵고 갈 것을 청했으나 듣지 않고 가려고 하므로 공이 어쩔 수 없이 한잔 술로 작별하고 문밖에 나아가 여비를 챙겨 주며 전송하는데 처사가 이공에게 말하기를,

"지금 작별하면 다시 만나기 어려울 것이니 내내 별 탈 없이 지내시고 복록을 누리십시오."

공이 다 듣고 나서 깜짝 놀라며 말하기를,

"그것이 무슨 말씀이십니까?"

처사가 대답하기를,

"서로 간에 떠나고 다시 만나는 것을 약속할 수 없는 심정이야 한 입으로 다 말하기 어려우나 이번에 헤어져 산속으로 들어가고 나면 다시 속세에 나오는 것이 어려울 것 같아 그렇게 말씀드리는 것입니다."

공이 어쩔 수 없이 아쉽고 슬프게 여기며 작별하였다.

하루는 박씨가 목욕을 깨끗이 하고 마음을 가다듬어 껍질을 바꾸는 술법을 부려서 변화하니 허물이 벗어졌다. 날이 밝자 계화를 불러 들어오라 하여 계화가 대답하고 들어가니 느닷없이 예전에 없던 매우 아름다운 사람이 방 안에 앉아 있는데 계화가 눈을 씻고 자세히 보니 아리따운 얼굴과 기이한 태도는 달나라 궁궐에 숨어 산다는 항아가 아니면 중국 무산에 살았다는 선녀라도 따르지 못할 것 같았다.

한번 보고 정신이 아득하여 숨도 못 쉬고 멀찌감치 앉았는데 박씨가 꽃과 달 같은 얼굴을 들고 붉은 입술을 반쯤 열어 계화에게 말하기를,

"내가 지금 껍질을 벗었으니 밖에 나가도 야단스럽게 다른 사람에게 떠벌리지 말고 대감께 아뢰어 '옥으로 된 상자를 만들어 주십시오.' 하여라."

계화가 명을 받들어 급히 바깥채로 나오며 기쁜 빛이 얼굴에 가득하므로 공이 반가워하며 묻기를,

"너는 무슨 좋은 일을 보았기에 그렇게 기쁜 빛이 얼굴에 가득하냐?"

계화가 아뢰기를,

"피화당에 신기한 일이 있으니 급히 들어가 보십시오."

공이 이상하게 여겨 계화를 따라 급히 들어가 방문을 열어 보니 향기로운 냄새가 코를 찌르며 한 소녀가 방 안에 앉아 있는데 아리땁고 화려하고 인품이 점잖고 정조가 곧아 보이는 것이 이른바 요조숙녀이고 정말로 뛰어나게 아름다운 여인이라.

그 여자가 부끄러움을 머금고 일어나 맞는데 공이 또한 마음속으로 이상함을 이기지 못하여 오히려 아무 말 없이 쳐다만 보고 있으니 계화가 상공께 아뢰기를,

"부인이 어젯밤에 허물을 벗으시고 대감께 청하여 옥함을 구하여 쓸 곳이 있다고 하셨습니다."

공이 그제야 가까이 나아가 말하기를,

"네가 어떻게 오늘 절대가인이 되었느냐? 천고에 본 적이 없는 이상한 일이로구나."

박씨가 고개를 숙이고 아뢰기를,

"제가 이제야 액운이 다 끝나 누추한 허물을 벗

게 되었으니 옥함 하나를 만들어 주시면 그 허물을 넣어 두겠습니다."

공이 그 신기함을 감탄하고 즉시 나와 옥을 다루는 기술자를 불러 옥함을 만들어 며칠 만에 들여보내고 아들 시백을 불러 말하기를,

"얼른 들어가 네 아내를 보아라."

시백이 명에 따라 들어가는데 얼굴을 찡그리며 생각하기를,

'그런 추하고 볼품없는 사람을 무슨 까닭으로 들어가 보라고 하셨을까?'

하며 여러 번 망설이는데 계화가 급히 나와 난간 밖에서 맞으니 시백이 계화에게 묻기를,

"피화당에 무슨 까닭이 있기에 너의 기쁜 빛이 겉으로 드러나느냐?"

계화가 대답하기를,

"방에 들어가면 자연히 알게 되실 것입니다."

시백이 듣고 더욱 의심스러워 급히 들어가 문을 열어 보니 어떤 부인 한 사람이 단정히 앉았는데

달나라 항아와 같고 정말로 요조숙녀라 한번 보고는 정신이 아득하여 마음이 취한 것도 같고 미친 것도 같아 얼른 들어가 말을 하고 싶으나 박씨의 얼굴을 잠깐 살펴보니 가을바람과 추운 눈발같이 차가워 말을 붙일 수가 없으므로 감히 들어가지 못하고 나오며 계화에게 묻기를,

"그런 흉한 인물은 어디 가고 저런 달나라 항아가 되었느냐?"

계화가 웃음을 머금고 아뢰기를,

"부인이 어젯밤에 둔갑하고 변화를 부려서 항아와 같이 되었습니다."

시백이 듣고 깜짝 놀라며 스스로 사물을 바로 알아보는 눈이 없음을 한탄하고 3, 4년을 박대한 것을 생각하니 오히려 미안하고 부끄러워 바깥채에 나와 아버님을 뵈었는데 공이 묻기를,

"지금 들어가 보니 네 아내의 얼굴이 어떠하더냐?"

시백이 두려워 대답하지 못하므로 공이 다시 이르기를,

"사람의 화복과 길흉은 마음대로 못하는 것이다. 네게 맡긴 사람을 3, 4년 박대하였으니 무슨 면목

으로 아내를 대하려고 하느냐? 사물을 꿰뚫어보는 눈이 저렇게 없고서야 공을 세워 널리 이름을 떨치기를 어떻게 바랄 수 있겠느냐. 모든 일을 이와 같이 하지 마라."

시백이 엎드려 명을 듣고 더욱 두렵고 감격스러워하여 아무 말도 못하고 나갔는데 날이 저물어 시백이 피화당으로 들어가니, 박씨가 촛불을 밝히고 얼굴빛을 엄숙하게 갖추고 앉아 있는데 기운이 서리 같아서 감히 한 마디도 하지 못하고 박씨가 먼저 말하기만을 기다리고 있으나 끝내 말이 없으므로 시백이 지난 일을 후회하고 스스로 책망하며 말하기를,

"부인이 이렇게 하시는 것은 내가 여러 해를 박대한 탓이로다."

하며 스스로 한탄하는데 부인이 옳다 그르다 한 마디도 대답하지 않으므로 시백이 어쩔 수 없어 촛불 아래에 앉아 있었더니 어느덧 닭 우는 소리가 먼 마을에서 '꼬끼오' 하였다.

바깥채로 나와 세수를 하고 어머님께 문안하고

물러나 글방에서 지내며 종일토록 마음을 정하지 못하고 저물기를 기다리다가 밤이 되어 다시 피화당에 들어가니 박씨가 또 엄숙함이 전날보다 더하여 갈수록 심하였다.

시백이 죄지은 사람같이 있으면서 박씨가 말을 할 때만을 기다리고 앉았는데 밤이 또 다시 새니, 말없이 나와 양친께 문안하고 물러나서 서당에 나와 생각해 보니 이제 와 후회해도 소용없는 일이라. 이렇게 밤이 되면 피화당에 들어가 앉아서 밤을 새고 낮이면 서당에 나와 한탄하기를 이미 여러 날에 이르니 자연히 병이 되어 촛불 아래 앉아서 생각하기를,

'아내라고 얻은 것이 흉한 모습을 하고 있어 평생에 원이 맺혔는데 지금은 달나라에 산다는 선녀가 되었으나 말 한마디 주고받지 못하고 뼛속 깊이 병이 되었으니 첫째는 내가 사람을 알아보는 눈이 없었던 탓이고, 둘째는 내가 어리석고 둔한 탓이고, 셋째는 아버님의 말씀을 듣지 않은 탓이로다.'

하고 다시 정신을 가다듬고 피화당에 들어가 박씨에게 사죄하여 말하기를,

"부인의 잠자리에 여러 날 들어왔으나 오로지 얼

굴을 굳히고 마음을 풀지 않으니 이것은 모두 다 나의 허물인데 누구를 원망하고 누구를 탓하겠습니까. 부인으로 하여금 3, 4년 빈방에서 혼자 외로이 지내게 한 죄는 지금 무엇이라 말할 길이 없으나 부인은 마음을 풀어서 사람을 구하십시오. 죽는 것은 싫지 않으나 두 분 부모님의 앞에 불효를 끼치어 젊은 나이에 제명을 다하지 못하고 죽으면 불효함이 매우 깊을 것이고 죽어서 지하에 간다 한들 무슨 면목으로 조상님들을 뵐 수 있겠습니까? 그러므로 생각하면 매우 곤란한 지경이니 부인은 깊이 생각하십시오."

하고 슬픔을 못 이겨 눈물을 흘리므로 박씨가 그 말을 들으니 불쌍하고 가여운 마음이 없는 것이 아니어서 꽃과 달 같은 얼굴을 더욱 또렷이 하고는 책망하여 말하기를,

"조선은 예의가 바른 나라라고 하였는데 사람이 오륜을 모르면 어떻게 예의를 알겠습니까? 그대는 아내가 못생겼다고 하여 3, 4년을 천대하였으니 부부유별은 어디에 있으며, 옛 성현들이 이른 말에 '가난할 때 함께 고생한 아내는 내치지 못한다' 하였는데 그대는 다만 아름다운 얼굴만 생각하고 부

부간의 오륜은 생각하지 않았으니 어떻게 덕을 알며, 여자들의 깊고 얕음을 모르고 출세하여 이름을 세상에 드날리며 나라를 지키고 백성을 편안하게 할 재주가 있겠습니까? 지식이 저렇게 없는데 효와 충성스러운 마음을 어떻게 알며 백성을 편안히 할 도리를 알겠습니까? 이 다음부터는 효도를 다하여 몸을 바로 닦고 집안 다스림을 마음속에 깊이 새겨 두십시오. 저는 비록 아녀자이나 낭군 같은 남자는 부럽게 생각하지 않습니다."

하니 그 말이 올바르고 말에 나타나 있는 마음씀이 엄절하므로 시백이 들으니 자신이 저지른 일을 생각하여 입이 있어도 할 말이 없었다. 미안한 마음을 억지로 참으며 자꾸 사죄할 뿐이었다. 박씨는 자세히 들여다보다가 한참 후에 말하기를,

"제가 본래 모양을 감추고 추한 얼굴로 있었던 것은 서방님으로 하여금 꾀이지 못하게 하여 한마음으로 공부하게 한 것이고, 그 사이 제가 아무 말도 하지 않은 것은 서방님으로 하여금 지나간 잘못을 스스로 뉘우치도록 하게 함입니다. 지금 본래 얼굴을 찾았으니 한 평생 마음을 풀지 않으려고 하였으나 여자의 연약한 마음으로 장부를 속이지 못하여 지나간 일을 풀어 버리는 것이니 부디 이 다음부터는 명심하십시오."

시백이 말을 다 듣고 나서 매우 기뻐하며 말하기를,

"저는 속세의 무식한 사람이고 부인은 하늘에 사는 선녀의 풍채와 태도로 마음이 넓고 생각이 깊어 보통사람과는 다르기 때문에 정신이 밝고 말이 순리에 맞으며 올바르고 크고 씩씩하나, 나 같은 사람이야 신세가 누추한 인물로 지식이 얇고 짧아 착한 사람을 몰라보았으니 어떻게 신선 세상의 사람에 비교하겠습니까? 그러므로 부부간에 화락하지 못하여 사람의 도리를 폐지할 지경에 이르렀던 것이니 지나간 일을 다시 마음에 두지 마십시오. 하물며 옛 성현이 이르시기를 '아무리 슬기로운 사람이라도 많은 생각 가운데 한 가지쯤은 실책이 있게 마련' 이라고 하였으니 당신의 존귀한 마음에 맺힌 마음을 풀어 버리십시오."

박씨가 앉은 자리에서 물러나와 말하기를,

"지나간 일은 다시 말씀하지 마시고 마음을 놓으십시오."

하고 서로 이야기를 나누니 밤이 이미 자정 무렵이 되었다. 아리따운 손을 이끌고 잠자리에 나아가 3, 4년 그리던 회포를 풀고 부부간에 즐거움을 함께 나누니 그 정이 새로이 산과 같고 바다와 같았다.

그 후로부터 모부인이며 노복들이 전에 박씨를 박대한 것을 뉘우치고 자책하여 박씨의 신명함에 탄복하고 상공의 마음속에 품은 큰 책략을 못내 칭송하면서 집안에 뜻이 맞아 화목하게 지내었다.

박씨의 모습이 변했다는 소문이 장안에 확 퍼져서 어떤 사람들은 사사로이 들어와 보기도 하고 재

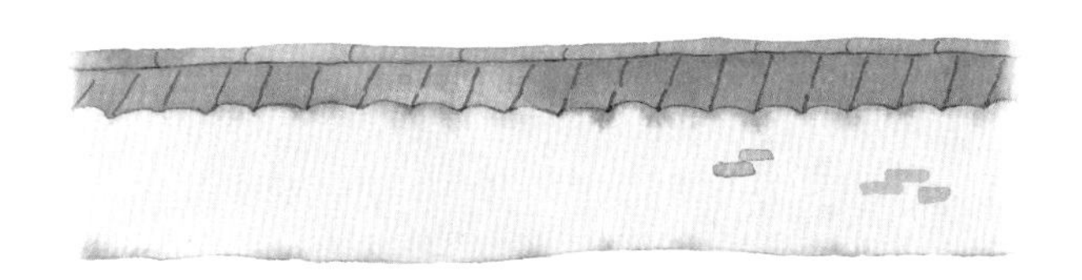

상 집안의 부인들은 신기함을 이야기 하며 간혹 초청하여 보기도 하는데, 하루는 어떤 재상의 집에서 초청하여 술과 과일로 대접할 때 여러 부인들이 다투어 술을 권하여 발갛게 취하니, 여러 부인이 박씨에게 재주를 보여달라고 권하므로 박씨가 재주를 자랑해 보려고 하여 술잔을 받아 거짓으로 내리쳐 술을 치마에 적시고 치마를 벗어 계화에게 주며 말하기를,

"치마를 불꽃 가운데 태워라."

하니 계화가 명을 받들고 치마를 불 가운데 던지자 치마는 아무렇지도 않고 광채가 더욱 윤택하므로 계화가 치마를 가져다가 부인께 드리니 여러 부인들이 그 까닭을 묻는데 박씨가 대답하기를,

"이 비단은 이름이 화염단이라고 하는데 혹 빨려면 물에 빨지 못하고 태워서 빱니다."

여러 부인들이 모두 다 신통하게 여기고 못내 탄복하며 묻기를,

"그러하면 이 비단은 어디서 났습니까?"

박씨가 대답하기를,

"인간 세상에는 없고 달나라 궁전에서 만든 것입

니다.”

모든 부인들이 또 묻기를,

“입으신 저고리는 무슨 비단입니까?”

박씨가 대답하기를,

“이 비단 이름은 패월단인데 갖게 된 연유는 저의 아버님께서 동해 용궁에 가셨을 때 얻어 오신 것이니 이것도 용궁에서 만든 것입니다.”

그 비단은 물에 넣어도 젖지 않고 불에 넣어도 타지 않는 비단이라 하므로 부인들이 듣고 신통하게 여겨 칭찬해 마지않았다.

여러 부인들이 술을 부어 박씨에게 권하니 박씨가 술이 지나치므로 사양하였지만 모든 부인들이 굳이 권하므로 박씨가 마지못하여 술을 받아 가지고 봉황 모양으로 만든 비녀를 빼어 잔 가운데 반을 가로막으니 확실하게 술잔의 한쪽은 없고 또 한쪽은 칼로 베어낸 듯 반이 남아 있는 것이 아닌가. 모든 부인들이 술잔을 보고 신기함을 이기지 못하여 말하기를,

“부인에게는 선녀의 기틀이 있다고 하더니 그 말이 과연 옳구나.”

하며,

"이런 신기함은 예부터 지금까지 없었던 일이라 어떻게 인간 세상에 내려왔을까. 옛날 중국의 진시황과 한무제도 만나지 못했던 신선을 우리는 우연히 만났으니 어찌 즐겁지 않겠는가."

서로 봄 흥취를 말하며 글을 지어 화답하는데 이때 계화가 여쭙기를,

"이렇게 좋은 봄 경치에 흥을 돕고 백화가 만발하여 봄빛을 자랑하니 이 천한 몸종도 이렇게 좋은 때를 만나서 맑은 노래 한 곡으로 여러 부인들을 위로할까 하나이다."

하므로 자리에 있던 사람들이 더욱 기특하게 여겨 노래 부르기를 재촉하는데 계화가 붉은 입술을 반쯤 열어 맑은 노래 한 곡조를 부르니 소리가 맑고 아담하여 산호채를 들어 깨뜨리는 듯하였다. 그 곡조의 내용은,

천지는 만물의 여관이요, 시간은 영원히 쉬지 않고 지나가는 나그네와 같도다. 하루살이 같은 이 세상에 떠도는 인생이 꿈과 같구나. 봄바람에 실버들이 흔들리는 좋은 때에 놀지 않고 어떻게 하겠는가. 지난날을 헤아리고 지금을 살펴보니 백 대에

걸친 흥함과 망함은 봄바람에 어지러이 흩날리는 그림자처럼 부질없고 한때의 변화는 장자가 나비가 되었는지 나비가 장자가 되었는지 모르는 것과 같이 모든 것이 본래 다 한 모습이라. 청산의 두견화는 촛불 속에 원한 맺힌 혼백이고 계단 앞 꽃의 봄빛 비치는 경치는 왕소군의 눈물이구나. 세상사를 생각하니 인생이 덧없도다. 푸른 바다로 술을 빚어 일만 세월을 함께 즐기리라.

하니 모든 부인들이 듣기를 다하고 나서 정신이 상쾌하고 시원해져 계화를 다시 보며 수없이 칭찬하였다.

즐거움이 극치에 이르고 기쁨이 다하자 해는 서산으로 지고 달이 동쪽 고개에 돋아 오르니 모든 부인이 각각 자기 집으로 돌아갔다.

이때 이공이 연로하므로 벼슬을 하직하였는데 임금께서 허락하시고 시백으로 하여금 승지(承旨)를 시키시니 시백이 사은숙배하고 나라를 충성으로 섬기며 공적인 일에 부지런하니 이름과 덕망이 조정에 떨쳐졌다. 충성이 남다르므로 임금께서 더욱 사랑하시며 애중히 여기시어 특별히 평안 감사직을 내리시니 시백이 사은숙배하고 집에 돌아와 양친께 가 뵈오니 공의 부부가 크게 기뻐하였으며 일가친척과 집안의 모든 사람들의 즐거움은 헤아릴 수 없을 정도였다.

시백이 임금님께 하직하고 집에 돌아와 행차할 준비를 할 때 두 사람이 타고 갈 수 있도록 쌍가마를 꾸미라고 하였는데 박씨가 묻기를,

"쌍가마는 꾸며 무엇하려고 하십니까?"

감사가 대답하기를,

"나와 같은 사람에게 평안 감사를 제수하시었으니 그 막중한 임무를 감당하기 어려우므로 부인을 데리고 가고자 합니다."

박씨가 대답하기를,

"남자가 세상에 나아간 후에 일신을 세우고 이름을 드날리시면 나라를 섬길 날은 많고 부모를 섬길 날은 적다고 하는데 나랏일에 골몰하시면 처자식을 돌아보지 못할 것이니 저도 함께 가면 늙으신 양친을 누가 봉양하겠습니까? 서방님께서는 충성을 다하여 나라를 극진히 돕는 것이 옳을 것 같습니다."

감사가 듣고 그 말의 정직함을 감탄하여 오히려 미안한 듯이 대답하기를,

"나처럼 불충불효하여 천지간에 용납되지 못할 사람이 어디에 있으리요. 늙으신 두 분 부모님을 생각하지 아니하고 망령된 생각을 하였으니 너무 나무라지 마시고 두 분을 극진히 봉양하시어 나의 마음을 잘 받들어 남의 웃음거리가 되는 것을 면하게 해 주십시오."

하고 사당에 들어가 하직하고 부모님 앞에 하직한 후 박씨와 작별하는데 두 분 부모님을 봉양할 것을 당부하고 즉시 길에 오르니 여러 날 만에 도임하였다.

각 읍의 관리와 수령들 중에 백성의 재물을 착취하는 수령이 민간인들 사이에 출몰하여 그 폐단이 비길 데 없으니 백성들이 도탄에 빠지고 인심이 소란스러우므로, 각읍 수령의 잘잘못을 가려서 잘못 다스리는 수령은 벼슬을 박탈하고 잘 다스리는 수령은 백성에게 알리고 임금님께 글을 써서 올리니 중앙직으로 승진하여 올라가게 하고 백성을 인과

의로 다스려 민심을 진정시키니 1년이 못 가서 여러 고을이 노자가 말한 무위이화(無爲而化: 위정자의 덕이 크면 교육을 하지 않아도 잘 따른다는 뜻)의 상태가 되어 백성이 즐겨 노래하고 태평한 세월을 찬양하는 격양가로 화답하며 서로 말하기를,

이제 살 것 같구나. 요순(堯舜)시절인가, 나라가 태평하고 백성이 안락하구나. 역산(歷山: 순임금이 밭을 갈던 곳. 중국 산동성)에 밭을 갈아 농사를 지어 우리 부모 봉양하고 동기간에 우애 있게 살아 보세. 구관 사또 어찌하여 백성들을 침해하고 학대할 때에 무식한 백성들이 인의를 어떻게 알며 임금께 충성하고 남편에 대해 절개를 지키고 부모님께 효도하며 형제간에 우애 있게 지낼 줄을 어떻게 알겠는가. 효자가 불효가 되고 양민이 도적이 되었구나. 신관 사또 도임한 후에는 충효를 모두 갖추고 있으므로 인의로 공사를 보시어 덕으로 백성들을 널리 교화하시니 백성들이 편하도다. 산에 도적이 없고 밤에 문을 걸어 잠그지 않으며 길

에 물건이 떨어져 있어도 주워가지 않을 때에 선정
을 했다고 비석을 세워 볼까. 비석을 세워 그 덕을
길이 전해 보세.

하며 거리거리에 격양가가 넘쳐흘렀다.

이렇게 잘 다스리니 이 감사의 소문이 먼 곳, 가까운 곳 할 것 없이 진동을 하고 조정에까지 미쳤으므로 임금께서 들으시고 아름답게 여기시어 병조판서로 임명하시어 부르시니 감사가 교지(敎旨: 임금이 사품 이상의 문무관에게 내리던 문서)를 받아들고는 북쪽을 향해 네 번 절하고 즉시 행장을 차려 서울로 올라갈 때 여러 고을의 수령과 만백성들이 덕을 칭송하는 소리가 진동하였다.

여러 날 만에 서울에 도착하여 대궐에 들어가 숙배하니 임금께서 보시고 반기시어 칭찬해 마지않으셨다. 이 판서가 대궐에서 물러나와 집에 돌아와 부모님께 문안한 뒤에 친척들과 옛 친구들을 모아 잔치를 벌여서 여러 날을 즐기었다.

갑자년 8월에 중국의 남경이 요란하므로 나라에서 병조판서 이시백으로 하여금 사신의 총책임자인 상사(上使)로 삼으시니 상사가 어명을 받들어 명나라로 향하는데, 이때 임경업이라는 신하가 있으니 총명하고 영리하여 영웅다운 변화하는 계략이 있었다.

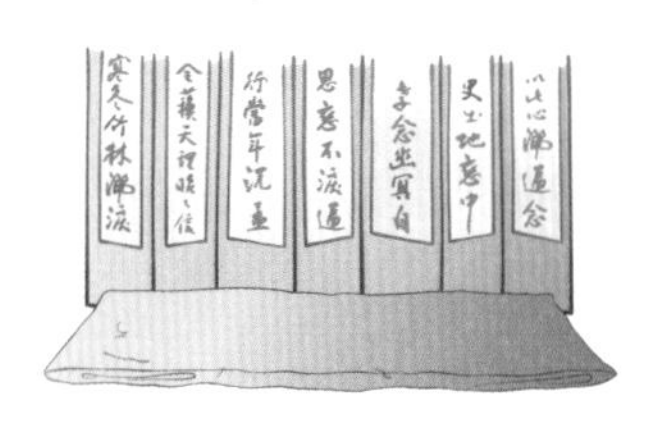

그때 철마산성(鐵馬山城)의 중군(中軍)으로 있었는데 상사가 임금님께 청을 드려 임경업으로 하여금 부사를 삼아 명나라로 들어가니 명나라 황제가 조선의 사신이 들어온 것을 알고 영접하여 들였는데, 이때 명나라가 가달이라는 오랑캐가 일으킨 난을 만나 크게 패하였기 때문에 매우 위급한 지경에 있었으므로 명나라 승상 황자명이 잔치하는 도중에 아뢰기를,

"조선 사신 이시백과 임경업의 생김새를 보니 비록 작은 나라의 인물이나 만고의 흥망과 천지의 조화를 은은히 감추고 있사오니 어찌 기특하지 않겠습니까? 신은 원하건대 이 사람들로 구원군의 사령관을 정하는 것이 마땅할 것입니다."

천자가 들으시고 이시백과 임경업을 구원군의 사령관으로 임명하여 구하라고 하시니 두 사람이 사은하고 군사를 거느려 가달국에 들어가 싸워서 백전백승하여 며칠 안에 이기고 승전고를 울리며 들어가니, 천자가 보시고 칭찬하시며 상을 후하게 주어 그 공을 표시하여 조선으로 보내니 시백과 경업이 천자께 하직하고 밤낮으로 달려서 조선에 도착하여 대궐에 들어갔는데 임금께서 보시고 반기시며 기특하게 여기시며 말씀하시기를,

"중국을 구하여 가달을 격파하고 이름을 천하에 떨치며 위엄이 조선에 빛나니 영웅의 재주는 이 시대의 으뜸이로다."

하시고 두 사람의 직급을 올려 주시는데 시백으로 하여금 우의정을 제수하시고 임경업으로 하여금 부원수를 제수하였다.

이때 북쪽 오랑캐 나라가 점점 강성해져 도로 조선을 엿보므로 임금께서 크게 근심하시어 임경업으로 하여금 의주부윤을 제수하시어 자주 침범해 오는 북쪽 오랑캐들을 물리치게 하시었다.

즐거운 일이 지나면 슬픈 일이 온다는 것은 사람에게 흔한 일이라 이공의 춘추 팔십에 홀연히 병을 얻어 점점 위중해지니 백 가지 약이 효험이 없었다. 공이 마침내 일어나지 못할 줄 알고 부인과 시백 부부를 불러 말하기를,

"내가 죽은 후에라도 집안일을 소홀히 하지 말고 후사를 이어 조상님을 모시는 제사를 극진히 하여라."

하고 세상을 떠났다. 한 집안이 몹시 애통하고 슬프게 울어 상사를 치르고 모부인이 매우 슬퍼하다가 몇 달 만에 세상을 떠나니 시백의 부부가 일 년 내에 하늘이 무너지는 것과 같이 큰 슬픔을 두 번 당하므로 어찌 끝없이 슬퍼하지 않겠는가. 처음부터 끝까지의 모든 범절을 극진히 하여서 선산에 안장하고 부부가 애통해했다. 세월이 물과 같아 삼년상을 마치니 부부와 아래위 노복의 애통함을 이루 측량치 못하겠더라.

그때 북방 오랑캐들이 강성하여서 북쪽 변경을 침범하는데 임경업이 백전백승하여 물리치고 북방을 살피니 무지막지한 오랑캐 황제가 조선을 치려고 만조백관들과 의논하기를,

"우리 나라는 지방이 광활한데도 조선의 장수 임경업을 이겨 억누를 사람이 없으니 이 어찌 답답하지 않겠는가. 어떻게 하면 조선을 쳐서 차지

할 수 있겠는가."

여러 신하들이 묵묵히 대답을 하지 못하고 있었다.

그때 오랑캐의 귀비는 비록 여자이지만 비길 데 없는 영웅이었다. 위로는 천문에 관한 일을 통달하고 아래로는 지리를 통달하여 앉아서 천리 일을 헤아리고 서면 만리 밖의 일을 아는 것이었다. 오랑캐 황제에게 아뢰기를,

"조선에 큰 신기한 사람이 있사오니 임경업을 꺾어도 조선은 차지하지 못할 것입니다."

하므로 오랑캐 황제가 크게 놀라서 말하기를,

"짐이 평생 임경업을 꺼리어 한나라 유방과 초나라 항우가 8년 동안 패권을 다툴 때 산을 뽑을 정도의 힘을 지녔다던 초나라 패왕 항우와, 삼국시절에 다섯 관문의 수비대장들을 참수하여 뚫고 나아갔다는 관우와, 당양의 장판에서 홀몸으로 조조의 백만 대군 속을 휘젓고 다녔다던 조자룡과 같이 알았는데 그 위에 더한 사람이 있다면 어떻게 조선을 넘볼 마음을 두겠는가."

스스로 탄식하기를 마지않는데 귀비가 다시 아뢰기를,

"천기를 보니 조선에 액운이 있습니다. 백만 대군을 일으켜 보내도 그 신인을 잡기 전에는 꾀하기 매우 어려우므로 제가 한 가지 계교를 생각하오니 자객을 조선에 내려 보내어 신인을 없앤 후에 조선을 침범하는 것이 마땅합니다."

오랑캐 황제가 말하기를,

"어떤 사람을 보낼까."

귀비가 아뢰기를,

"조선은 재물을 탐내고 여색을 좋아하오니 계집을 구하되 인물이 매우 뛰어나고 문필은 왕희지 같고 말주변은 전국시대의 정치가였던 소진(蘇秦)과 전국시대의 변론가였던 장의(張儀) 같고 재빠르기는 조자룡 같고 생각하는 것은 제갈공명 같고 지혜와 용맹을 고루 갖춘 계집을 보내면 일을 이룰 수 있을 듯합니다."

오랑캐 황제가 듣고 옳게 여겨 즉시 여러 사람들과 의논하여 두루 구하였는데 육궁의 시녀 가운데 기홍대라 하는 계집이 있으니, 인물은 당나라 명종 황제의 애첩인 양귀비 같고 말주변은 소진과 장의를 비웃으며 검술은 당할 사람이 없고 용맹은 용과 호랑이 같았다.

귀비가 오랑캐 황제에게 아뢰기를,

"기홍대는 검술과 용맹이 뛰어나고 도량과 지혜와 용맹을 고루 갖추어 만 사람이 당해내지 못할 용맹이 있사오니 기홍대를 보내십시오."

하거늘 오랑캐 황제가 크게 기뻐하여 기홍대를 불러서 말하기를,

"너의 지용과 재모는 이미 알았거니와 조선에 나아가 성공할 수 있겠느냐?"

기홍대가 대답하여 아뢰기를,

"소녀가 비록 재주는 없으나 나라의 은혜가 망극하오니 어찌 물과 불이라도 피하겠습니까?"

황제가 말하기를,

"조선에 나아가 신인의 머리를 베어 올진대 이름을 천추(千秋)에 유전(遺傳)하게 하리라."

하거늘 기홍대가 아뢰기를,

"소녀가 비록 재주는 없사오나 충성을 다하여 조선에 나아가 신인의 머리를 베어서 폐하의 근심을 덜어드리겠습니다."

하고 하직하고 나오니 귀비가 기홍대를 불러 말하기를,

"조선에 나아가면 말이 생소할 것이다."

하고 조선의 언어와 풍속을 가르친 후에 이르기를,

"조선에 나아가면 자연히 신인을 알게 될 것이니 문답은 이렇게 저렇게 두 번 하고 부디 재주를 허비하지 말고 조심하여서 머리를 베어 가지고 돌아오는 길에 의주로 들어가 임경업의 머리마저 베어 가지고 돌아올 때에도 부디 조심하여 대사를 그르치지 않도록 하여라."

하므로 기홍대가 명령을 듣고 나와서 행장을 차려 가지고 오랑캐 땅을 떠나 바로 조선 국경성에 도착하여 들어갔다.

이때 박씨가 홀로 피화당에 있었는데 문득 천문을 보고 깜짝 놀라 승상을 청하여 당부하여 말하기를,

"몇 월 며칠에 계집 하나가 집에 들어와 말은 이렇게 저렇게 길게 할 것이니 조심하여 친근하게 대접하지 마시고 이렇게 저렇게 하여 피화당으로 이끌어 보내시면 저와 할 말이 있습니다."

하거늘 승상이 말하기를,

"어떤 여자가 찾아온다는 것이오?"

부인이 대답하기를,

"그것은 나중에 알게 되실 것이거니와 다른 사람에게 말이 나가게 하지 마시고 저의 말대로 하시어서 낭패를 보지 않도록 하십시오. 그 계집은 얼굴이 기이하고 문필이 유창하고 아름다우며 백 가지 자태를 갖추고 있으므로 만일 그 용모를 사랑하시어 가까이 하시면 큰 우환을 면치 못할 것이니 부디 그 간계에 속지 마시고 피화당으로 보내십시오."

하고,

"그 사이 술을 빚어 담그되 한 그릇은 쌀 두 말에 누룩 두 되를 해서 넣고 또 한 그릇은 딴 것을 섞지 않은 순수한 술을 담아 두고 안주를 장만하여 두었다가 그날이 되면 저의 말대로 이렇게 저렇게 하십시오."

승상이 듣고 한편으로는 이상하게 여기고 있었는데 과연 그날이 되니 한 여자가 집에 들어와 문안을 하는데 승상이 그의 용모를 자세히 보니 과연 절대가인이요, 요조숙녀라 승상이 묻기를,

"어떤 여자이기에 감히 남자가 거처하는 사랑에

들어오는가?"

그 여자가 대답하기를,

"소녀는 서울서 먼 지방에 사는데 마침 한양 구경을 왔다가 외람되게 상공께 오게 되었습니다."

승상이 묻기를,

"너는 근본이 어디며 성명은 무엇이라고 하느냐?"

그 여자가 대답하기를,

"소녀가 살기는 강원도 회양(淮陽: 지금의 경기도 철원)에 사는데 일찍이 부모님을 여의고 정처 없이 떠돌아다니다가 우연히 관청에 잡히어 여종으로 등록이 되었으니 성은 모르고 이름은 설중매입니다."

공이 그 여자의 거동을 보니 예사 사람이 아닌 줄 알고 사랑에 오르라 하자 그 여자가 황공해하며 사양하다가 올라가 자리를 잡고 앉으니, 공이 몹시 마음에 들게 여기어 묻고 답하는데 물과 같이 막힘이 없으니 그 여자가 글재주와 말주변이 청산유수(靑山流水)와 같고 뜻과 생각이 넓은지라.

승상이 마음속으로 생각하기를,

'장안에 재상이 많지만 저 여자와 같은 언변과 문필이 가히 당할 사람이 없을 것 같으므로 진실로

면 지방의 천한 기생으로 있기가 아깝구나.'

하고 감탄하여 마음에 들어 하다가 문득 부인이 당부하던 말을 생각하니 의심스러운 마음이 들어 다시 이르기를,

"지금 해가 서산으로 지고 달이 동쪽 고개로 떠올라 밤이 깊어졌으니 후원의 피화당에 들어가 편히 묵도록 하여라."

하니 설중매가 대답하기를,

"소녀의 몸이 천한 기생으로 이미 사랑방에 들어왔으니 사랑에서 묵으며 대감을 모시고 아득한 마음의 회포를 밝히려고 하옵니다."

승상이 말하기를,

"나도 마음 한 구석으로 쓸쓸하여 적적함을 달래고 싶은 마음이 있으나 오늘밤은 나랏일에 긴급한 일을 볼 것이 있고 관원들이 올 것이니 너와 함께 밤을 지내지 못하겠구나."

그 여자가 대답하기를,

"소녀처럼 천한 몸이 어떻게 감히 부인을 모시고

하룻밤이라도 묵을 생각을 하겠습니까?"

승상이 말하기를,

"너도 여자이니 부인과 함께 묵는 것이 무슨 허물이 있겠는가?"

하며 계화를 불러서 말하기를,

"이 여자를 데리고 피화당에 들어가 편히 쉬게 하여라."

계화가 명을 받들고 즉시 그 여인을 데리고 피화당으로 들어가 사연을 아뢰었는데 부인이 듣고 그 여자를 불러들여 자리를 내어 주며 묻기를,

"그대는 어떤 사람이기에 내 집에 찾아왔는가?"

여인이 대답하기를,

"소녀는 먼 지방의 천한 기생인데 서울에 구경 왔다가 외람되게 높으신 댁을 왔사오니 황송하고 감사한 마음을 이길 수 없습니다."

부인이 말하기를,

"그대의 형색을 보니 평범한 사람과는 다르구나. 어찌 헛되이 시간과 힘을 허비하고 내 집을 부질없이 찾아왔는가?"

하며 계화를 불러서 말하기를,

"지금 손님이 왔으니 술과 안주를 들여라."

하여 계화가 명을 받고 나가더니 맛 좋은 술과 풍성하게 차린 안주상을 갖추어 들여놓고 독주와 순수한 술을 구별하여 놓으니 부인이 계화에게,

"술을 따르라."

하니 계화가 독주는 그 여인에게 권하고 순한 술은 부인에게 드리니 그 여자는 먼 길을 오느라 피곤하여 목마름이 심하던 차에 술을 보고 사양하지 않고 한 말 술을 두어 잔 도는 사이에 다 먹으니 그 거동이 보통사람과 달랐다. 그 술과 안주를 먹는 모양을 보고 놀라지 않을 사람이 없었다.

그 여자가 독한 술을 배불리 먹고 술이 몹시 취하여 말하기를,

"소녀가 먼 길을 오느라 힘들고 피곤하던 차에 주시는 술을 많이 먹고 몹시 취하였으니 베개를 잠깐 내어 주시기 바랍니다."

부인이 대답하기를,

"어찌 내 집에 온 손님을 공경하지 않겠는가."

하며 베개를 내어 주었는데 그 여자가 더욱 황공하게 생각하였다.

기홍대가 베개 위에 누워 마음속으로 생각하기를,

'귀비께 하직할 때에 말씀하시기를 우의정 집을 먼저 가 찾으면 자연히 알게 될 것이라고 하셨기에 아까 이 승상의 얼굴을 보니 단지 어질 뿐이고 다른 재주는 별로 없어 보여 별다른 염려가 없었는데, 부인의 거동과 풍기는 기운을 보니 비록 여자이나 미간에 천지조화가 은은히 감추어져 있고 마음속에 만고의 흥망을 품고 있으니 이 사람이 바로 신인이로다.

만일 이 사람을 살려 둔다면 우리 임금님께서 어떻게 조선을 도모할 수가 있겠는가. 마땅히 조화술과 절묘한 계교를 내어 이 사람을 죽여서 임금님의 급한 근심을 덜어드리고 나의 이름을 후세에 길이 남겨 전해지도록 하리라.'

생각하고 마음속으로 매우 기뻐하고 있었는데 술이 취하므로 부인에게 또 요청하여 말하기를,

"황송하오나 자고 싶습니다."

부인이 허락하므로 기홍대가 침상에 누워 잠이 들었는데 부인이 그 여자의 잠이 든 모습을 보니 한 눈을 떴기에 이상하게 여겼더니 또 한 눈마저

떴는데 두 눈에서 불덩이가 내달아 방 안을 돌며 그 숨결에 방문이 열렸다 닫혔다 하여서 사람의 정신을 어지럽게 하니 비록 여자이지만 천하의 명장이라 어떻게 놀라지 않을 수 있겠는가.

부인이 자는 체하다가 가만히 일어나 그 여자의 짐 꾸러미를 열어 보니 다른 물건들은 없으나 자그마한 칼 하나가 있는데 이상하게 생겼으므로 자세히 보니 주홍색으로 비연도라 새겨져 있었다. 부인이 그 칼을 다시 만지려 하자 그 칼이 나는 제비로 변하여 천장으로 솟구치며 부인을 해치려고 자꾸만 달려드는데 부인이 급히 주문을 외우니 그 칼이 변화를 못하고 멀리 떨어지는 것이었다.

부인이 그제야 칼을 집어 들고 소리를 벽력같이 지르니 기홍대가 잠이 깊이 들었다가 뇌성 같은 소리에 정신이 혼미한 가운데 잠을 깨어 일어나 앉으니 부인이 비연도를 들고 음성을 높여 꾸짖어 말하기를,

"무지하고 간특한 계집은 오랑캐 나라의 기홍대가 아니냐?"

하는 소리가 웅장하여 종과 북이 울리는 듯하였다. 기홍대가 그 소리에 놀라 간담이 서늘해서 어떻게 해야 할지를 모르고 있다가 정신을 차려 고개를 들어 살펴보니, 부인이 칼을 들고 앉아 소리를 지르는 위엄이 한나라 유방과 초나라 항우가 8년 동안에 걸쳐 패권을 다투던 때 유방과 항우가 홍문연에서 만나 잔치하는 자리에서 번쾌가 장막 안으로 뛰어들어 머리카락을 곤두세우고 눈초리를 찢어지도록 크게 뜨면서 노려보던 위엄과 같아서 감히 말을 못하고 앉았다가 정신을 가다듬어 아뢰기를,

"부인께서 어떻게 그리 자세히 알고 계십니까? 소녀는 과연 호국의 기홍대입니다. 이렇게 엄숙하게 물으시니 어떻게 된 영문인지 모르겠습니다."

부인이 눈을 부릅뜨고 화난 목소리로 크게 꾸짖어 말하기를,

"너는 한갓 자객으로 개 같은 오랑캐 황제를 도와 그 말을 듣고 당당한 오륜의 예의를 지키는 나라를 해치려 하고 너 따위 계집의 몸으로 간사한 계교를 부려 예의를 밝히려 하는 사람을 해치려 하니 어떻게 살기를 바라겠느냐. 내가 비록 재주는 없지만 너같이 요사한 것의 간계에는 속지 않을 것

이다."

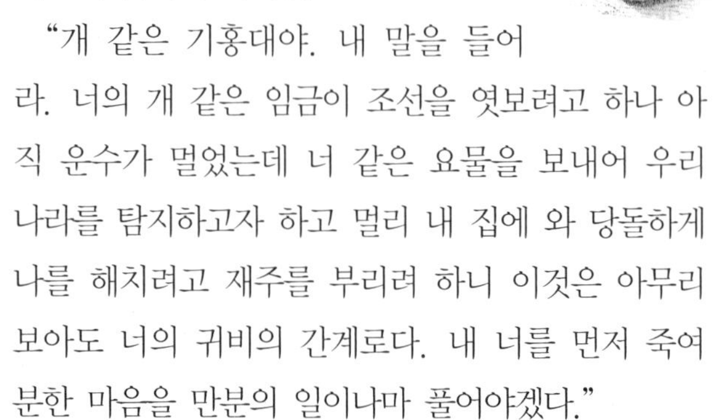

하며 성난 기운이 가득 찬 얼굴로 바로 비연도를 들고 기홍대를 향하여 겨누며 큰소리로 꾸짖어 말하기를,

"개 같은 기홍대야. 내 말을 들어라. 너의 개 같은 임금이 조선을 엿보려고 하나 아직 운수가 멀었는데 너 같은 요물을 보내어 우리나라를 탐지하고자 하고 멀리 내 집에 와 당돌하게 나를 해치려고 재주를 부리려 하니 이것은 아무리 보아도 너의 귀비의 간계로다. 내 너를 먼저 죽여 분한 마음을 만분의 일이나마 풀어야겠다."

하고 비연도를 들고 달려드니 기홍대가 겁나고 두려운 가운데에도 마음속으로 생각하기를,

'이런 영웅을 만났으니 성공하기는 고사하고 오히려 죗값으로 화를 받아 목숨을 보전하지 못할 것 같구나.'

다시 애처롭게 사정하여 빌기를,

"황송하오나 부인 앞에서 한 말씀을 어떻게 속이겠습니까? 소녀가 어지간히 잡스러운 술법을 배운 탓으로 시키는 것을 거역하지 못하고 이와 같이 죄

를 지었사오니 그 죄는 만 번 죽어 마땅한 것이오나 하늘이 밝으시고 신령님들이 도우시어 임금의 명령이 계시어 나왔다가 부인 같으신 영웅을 만났사오나 소녀의 실낱같은 생명이 부인의 칼끝에 달렸사오니 부인의 하늘 같은 마음으로 큰 은혜를 베푸시어 소녀의 목숨을 살려 주십시오."

하며 빌기를 하는데 부인이 매우 화를 내며 말하기를,

"너의 임금은 진실로 짐승 같도다. 우리 나라를 이렇게 멸시하여 우리 나라의 인재를 해치려고 하며 재주를 비웃으니 이는 가히 한스러운 일이라 할 것이다. 어찌 분하지 않겠는가? 너 같은 요물의 목숨을 상대할 마음이 아니나 어떻게 살기를 바라겠느냐."

기홍대가 무수히 애걸하여 말하기를,

"부인의 말씀을 들으니 더욱 후회됨이 이를 데가 없습니다."

하고 사죄하기를 마지아니하니 박씨 부인이 칼을 잠깐 멈추고 분함을 진정하여 말하기를,

"나의 원통하고 분한 마음과 너의 왕비가 한 짓을 생각하니 너를 먼저 죽여 분한 마음을 다소나마

풀 것이지만 내 사람의 목숨을 살해하는 것이 흔한 일이 아니고 또한 너희 임금이 도리에 어긋나 분수에 넘치는 뜻을 고치지 아니하기에 아직은 너를 죽이지 않고 살려 보내는 것이니 돌아가 너희 임금에게 내 말을 자세히 전하여라.

조선이 비록 소국이나 인재를 헤아리면 영웅호걸과 천하의 명장이 다 무리들 가운데 있고 나 같은 사람은 수레에 싣고 말로 될 정도라 그 수효를 알지 못하니라. 너의 왕비의 말을 듣고 너를 인재로 골라 뽑아서 보냈으나 조선에 나와 영웅호걸을 만나기 전에 나 같은 사람을 만났기에 살아 돌아가는 것이니 돌아가 왕에게 자세히 말하여 차후에는 분수에 지나친 뜻을 내지 말고 하늘의 뜻에 순순히 따르라.

만일 그렇지 않으면 내 비록 재주는 없으나 영웅과 명장을 모으고 군사를 일으켜 너희 나라를 치면 무죄한 군사와 불쌍한 백성이 씨도 없어질 것이니 부디 하늘의 뜻을 어기지 말고 순종하라."

하고 스스로 탄식하여 말하기를,

"아무리 생각해도 나라의 운수가 불행한 탓이로다. 누구를 원망하겠는가?"

하며 하늘을 쳐다보고 탄식하는데 기홍대가 그 거동을 보고 일어나 감사의 인사를 드리며 말하기를,

"신령 같으신 덕의 도움을 입어 죽을 목숨을 보전하오니 감격하여 몸 둘 바를 모르겠습니다."

하고 오히려 부끄러운 마음을 머금고 하직을 하고 나와 마음속으로 생각하기를,

'큰일을 이루어 보려고 만리를 지척인 양 왔다가 성공하기는커녕 본색이 탄로 나서 하마터면 목숨을 보전하지 못할 뻔하였구나. 돌아가는 길에 임경업을 보아 시험하고 싶으나 성공하기를 어떻게 바랄 수 있겠는가. 그냥 돌아가는 것이 좋을 듯하구나.'

하고 본국으로 바로 돌아갔다.

이 승상과 노복들이 이 광경을 보고 크게 두렵고 미안하게 여겨 부인의 신령스러움에 감탄하였다.

이튿날 승상이 대궐 안에 들어가 그 연고를 낱낱이 아뢰어 올렸는데 임금과 조정의 모든 신하들이 이 이야기를 듣고 깜짝 놀라 얼굴빛이 하얗게 변하는 것이었다. 임금이 즉시 임경업에게 비밀리에 명

령을 내리시기를,

"오랑캐 나라에서 기홍대라는 계집을 우리 나라에 보내어 이렇게 저렇게 한 일이 있었으니 그런 계집이 혹 가서 달래거나 유인하려는 일이 있으면 각별히 조심하고 잘 방비하라."

하시고 박씨의 헤아릴 수 없는 기략과 매우 교묘한 지혜를 탄복하며 크게 칭찬해 마지않으시고 박씨에게 충렬부인 직첩(職牒)을 내리시고 일품 녹봉을 내려 주셨다.

임금이 다시 우의정 이시백에게 하교하시어 말하기를,

"만일 경의 아내가 아니었다면 근심을 면치 못했을 뻔하였다. 흉악하기 이를 데 없는 도적이 우리 나라를 엿보고자 하여 이런 일을 한 것이니 어찌 절통한 일이 아니겠는가. 차후로도 적의 괴변을 알아서 낱낱이 아뢰도록 하라."

하시고 비단을 내려 주셨다.

기홍대가 본국에 돌아가 오랑캐 황제에게 돌아왔음을 아뢰니 오랑캐 황제가 묻기를,

"이번에 조선에 나아가 어떻게 하고 돌아왔느냐?"

기홍대가 아뢰기를,

"소녀가 이번에 명을 받잡고 큰일을 맡아서 만리타국에 갔사오나 성공하기는 고사하고 만고에 짝이 없을 만한 영웅 박씨를 만나 목숨을 보전하지 못하여 고국에 돌아오지 못하고 외국의 원혼이 될 것을, 소녀가 누누이 애걸하니 용서하여 보내며 이르기를 폐하에게 욕이 돌아오고 오히려 분수에 넘치는 뜻을 두었으니 또한 금수로 지목하여 도리에 맞는 말로써 깊이 책망하였습니다."

하고 지낸 앞뒷일을 아뢰니 오랑캐 황제가 몹시 화를 내며 말하기를,

"네가 부질없이 나아가 성공을 하기는커녕 오히려 묘계만 탄로내고 돌아왔으니 어떻게 분하고 한스럽지 않겠는가."

하고 또 귀비를 오라 하여 말하기를,

"이제 기홍대가 조선에 가서 신인과 명장을 죽이지 못하고 짐에게 욕만 미치게 하였으니 어찌 분하지 아니하며 조선을 도모하지 못하게 되었으니 이 분한 마음을 어디 가서 풀어야 할 것인가?"

하는데 귀비가 또 아뢰기를,

"한 가지 묘책이 있사오니 청하건대 그렇게 시행하여 보십시오."

오랑캐 황제가 말하기를,

"무슨 묘계가 있는가?"

귀비가 아뢰기를,

"조선에 비록 신인과 명장이 있사오나 또 간신이 있어서 신인의 말을 듣지 아니할 것이고 명장을 쓸 줄도 모르오니 폐하가 군사를 일으켜 조선을 치되 남으로 육로에 나아가 치지 말고 동으로 백두산을 넘어 조선의 함경도로 한양의 동쪽 문으로부터 들어가면 미처 방비할 수 없어 도모하기 쉬울 것입니다."

오랑캐 황제가 듣고 크게 기뻐하며 곧 한유와 용울대에게 명령을 내려,

"군사 십만 명을 불러 모아 귀비의 지휘대로 행군하여 산을 넘어 바로 조선 북쪽 길로 내려가 한양의 동쪽 문으로부터 들어가 이렇게 저렇게 하라."

귀비가 또 말하기를,

"그대는 행군하여 조선에 들어가거든 바로 날쌘

군사를 의주와 서울을 왕래하는 길 중간에 매복하여 소식을 통하지 못하게 하고 한양에 들어가거든 우의정 집의 뒤뜰을 침범하지 마라. 그 후원에 피화당이 있고 후원의 초당 앞뒤에 신기한 나무가 무성하게 있을 것이니 만일 그 집 후원을 침범하면 성공하기는커녕 목숨을 보전하지 못하여 고국에 돌아오지도 못할 것이니 각별히 명심하라."

두 장수가 명령을 다 듣고 십만 대병을 거느리고 동으로 행군하여 동해로 건너 바로 한양으로 향하는데 백두산을 넘어 함경북도로 내려오며 봉홧불을 피우지 못하게 막고 물밀듯 들어오니 한양까지 수천 리 길을 내려오는 동안에도 아는 사람이 없었다.

충렬부인이 피화당에 있다가 문득 천기를 보고 깜짝 놀라 급히 상공을 오시게 하여 말하기를,

"북방의 도적이 침범하여 조선의 경계를 넘어 들어오니 의주부윤 임경업을 급히 불러 군사를 합병하여 동쪽으로 오는 도적을 막으십시오."

승상이 깜짝 놀라며 말하기를,

"내 생각으로는 우리 나라에 도적이 들어온다 하여도 북쪽의 도적이 들어올 텐데 의주로부터 밀려들 것이라 의주부윤을 불러오면 북쪽을 비웠다가 오랑캐들이 북쪽 지방을 탈취하면 가장 위태로울 것인데 부인이 무슨 이유로 염려하지 말고 동쪽을 막으라고 합니까?"

부인이 말하기를,

"오랑캐들이 본래 간사한 꾀가 많으므로 북으로 나오면 임 장군이 두려워 의주는 감히 범하지 못하고 백두산을 넘어 북쪽으로부터 동대문을 깨뜨리고 들어와 장안을 갑자기 습격하여 살육을 할 것이니 어찌 분하고 한스럽지 않겠습니까? 제 말을 허황되게 여기지 마시고 급히 임금께 아뢰어 방비를 하십시오."

승상이 그 이야기를 다 듣고 나서 크게 깨닫고 급히 임금님께 들어가 부인이 하던 말대로 자세히 아뢰니 임금께서 들으시고 크게 놀라시며 조정의 모든 신하들을 모아 의논하는데 좌의정 원두표가 아뢰기를,

"북쪽 오랑캐들이 꾀가 많사오니 부윤 임경업에

게 명령하여 불러들여 동쪽으로 오는 도적을 방비하는 것이 옳을 것으로 생각합니다."

말을 채 마치기도 전에 아래에 앉아 있던 사람 하나가 나서서 말하기를,

"좌의정이 아뢰는 말씀은 절대로 안 될 일입니다. 북쪽의 오랑캐가 임경업에게 패하였으니 무슨 힘으로 우리 나라를 엿보며, 병사를 일으킨다고 하여도 반드시 의주로 들어올 것이라 만일 의주를 버리고 임경업을 불러 동쪽을 지키게 하면 도적들이 의주를 침범해 와 살육할 것이니 매우 위태할 것이므로 국가의 흥망이 위급하게 될 터인데, 요망한 계집의 말을 들어 망령되이 동쪽을 막으라 하오니 어떻게 헤아림과 지혜가 있다고 할 수 있겠습니까? 이는 나라를 해롭게 하려는 것이니 잘 살피십시오."

임금께서 말하시기를,

"박씨의 신명함이 보통사람과 다른지라 짐이 이미 그것을 경험한 바 있으니 어떻게 요망하다 하겠

느냐. 그 말을 따라 동쪽을 막는 것이 옳을 것이다."

하니 그 사람이 대답하여 아뢰기를,

"지금 나라 안이 태평하여 풍년이 들고 백성들 생활이 평안하여 격양가를 부르는데 이 같은 태평세계에 요망한 계집의 말을 발설하여 우리 나라를 놀라 움직이게 하면 민심을 흔들리게 하는 것으로 전하께서 이렇게 요망한 말씀을 들으시고 깊이 근심하시어 나랏일을 살피지 아니하시니 신은 원하건대 이 사람을 먼저 국법으로 다스려 민심을 진정시키십시오."

하여 왕의 명령을 막는 이는 다른 사람이 아니라 영의정 김자점이다. 소인을 가까이하여 친하게 지내고 군자를 멀리하여 국정을 제 마음대로 하는지라. 이 같은 소인이 나라를 망하게 하려 하나 조정의 모든 대신들이 그 권세를 두려워하여 말을 못하였다.

공이 항거하지 못하여 분한 마음을 이기지 못하고 집에 돌아와 부인에게 그간에 있었던 사연을 낱낱이 이야기를 하니 부인이 듣고 하늘을 우러러보며 탄식하여 말하기를,

"슬프다. 나라의 운수가 불행하여 이 같은 소인을 인재라고 하여 조정에 두었다가 나라를 망하게 하니 어찌 슬프지 않겠는가. 머지않아 도적이 한양을 침범할 것이니 신하된 자로서 나라가 망하는 것을 차마 어떻게 보겠는가. 상공은 은나라 충신 비간(比干:왕의 음란함을 간하다가 죽임을 당함)의 충성을 본보기 삼아 나라를 안전하게 보존하십시오."

하고 큰소리로 통곡을 하니 공이 그 말을 다 듣고 분이 복받쳐 슬프고 한탄스러운 마음을 이기지 못하여 하늘을 우러러 탄식하고 대궐 안으로 들어가니 이때는 병자년 섣달 그믐이었다.

오랑캐들이 동대문을 깨뜨리고 물밀듯 들어오니 함성이 천지를 진동하는지라, 백성의 참혹한 모습은 글로써 기록하기 어려울 지경이었다. 적의 대장이 군사를 호령하여 사방으로 쳐들어와 살육하니 시체가 태산같이 쌓이고 피가 흘러 내가 되었다.

이렇게 되자 임금이 몹시 당황하시어 어떻게 해야 할지를 모르시고 여러 신하들을 불러서 의논하여 말하기를,

"이제 도적이 성안에 가득하여 백성들을 살해하고 종묘사직이 매우 위태로운 지경에 있으니 장차 어떻게 해야 하겠는가?"

하며 하늘을 우러르며 탄식하니 우의정 이시백이 아뢰기를,

"이제 일의 형편이 급하게 되었사오니 남한산성으로 피난하시는 것이 좋을 것 같습니다."

임금이 옳다고 여기시어 즉시 옥교(玉轎: 임금이 타는 가마)를 타고 남문으로 나오시어 남한산성으로 가시는데 앞에 한 무리의 군사들이 내달아 좌우로 충돌하니 임금이 깜짝 놀라서 말씀하시기를,

"이 도적들을 누가 물리치겠는가?"

하시니 우의정이 말을 내몰아 말하기를,

"신이 이 도적들을 물리치겠습니다."

하고 창을 빼어들고 말을 타고는 단번에 물리치고, 임금의 가마를 모시고 남한산성으로 들어갔다.

오랑캐 장수 한유와 용울대가 십만의 정예 병사들을 거느리고 한양에 이르러서 바로 장안을 빼앗고 들어와 대궐 안으로 들어가니 대궐 안이 비어 있었다. 남한산성으로 피하신 줄 알고 아우 용골대에게 장안을 지켜 재물과 미인들을 거두어들이라

하고 군사 천여 명을 남겨 두고 군사를 몰아 남한산성으로 가 성을 에워싸고 부딪쳐 오므로 여러 날 임금과 신하들이 성안에 에워싸여 매우 위태로운 지경이 되었다.

그즈음 충렬부인 박씨는 일가친척을 피화당에 모여 있게 하였는데, 병란을 당하여 피난하던 부인들이 용골대가 장안의 재물과 미인들을 뒤져서 빼앗는다는 말을 듣고 도망하려고 하므로 부인이 그 거동을 보고 모든 부인들을 위로하여 말하기를,

"지금 도적들이 장안 곳곳에 있으니 부질없이 동요하여 움직이지 마십시오."

하니 모든 부인들이 반신반의하고 있었는데, 이때 오랑캐 장수 용골대가 말 탄 군사 백여 명을 거느리고 장안을 사방으로 다니며 뒤지고 정탐하다가 한 집에 이르러 바라보니 정결한 초당이 있고 전후좌우에 나무들이 무수히 서 있는 가운데 많은 여자들이 편안히 있으므로 용골대가 좌우를 살펴보니 나무마다 용과 범이 되어 서로 머리와 꼬리를 맞물리며 가지마다 새와 뱀이 되어서 변화가 끊임없고

살기가 가득 차 있었다.

용골대가 부인의 신묘한 기략과 술법을 모르고 피화당에 있는 재물과 여색을 빼앗으려고 하여 급히 들어가니 청명하던 날이 갑자기 먹구름이 일어나며 뇌성벽력이 천지에 진동하더니 무성한 수목이 변하여 무수한 갑옷 입은 병사가 되어서 점점 에워싸고 가지와 잎은 창과 칼이 되어서 사람의 마음을 놀라게 하는 것이었다.

용골대가 그제서야 우의정 이시백의 집인 줄 알고 깜짝 놀라 도망가려고 하는데 문득 피화당이 변하여 첩첩산중이 되는 것이었다.

용골대는 정신이 아득하여 어떻게 해야 할 줄을 모르고 있는데 한 여자가 칼을 들고 당당하게 나타나서 크게 꾸짖으며 말하기를,

"어떤 도적이기에 죽기를 재촉하느냐!"

용골대가 대답하기를,

"누구의 댁이신지 모르고 왔으니 은혜를 입어서 살아 돌아가기를 바랍니다."

계화가 말하기를,

"나는 이 댁 몸종 계화인데 너는 어떤 놈이기에 죽을 곳을 모르고 작은 힘을 믿어 당돌하게 들어왔느냐. 우리 댁 부인께서 네 머리를 베어 놓으라 하시기에 나와서 너의 머리를 베려고 하니 내 칼을 받아라."

하는 소리가 진동하였다. 오랑캐 장수가 이때 그 말을 듣고 매우 화가 나서 칼을 빼어 들고 계화를 치려고 하니 칼 든 손에 맥이 빠져 손으로 내리칠 수 없으므로 마음속으로 놀라 하늘을 우러르며 탄식하기를,

"슬프다, 대장부가 세상에 나와 벼슬을 하고 한 나라의 대장으로 만리타국에 나왔으나 공을 이루지 못하고 조그마한 여자의 손에 죽을 줄을 어떻게 알았겠는가."

하고 탄식해 마지않으니 계화가 크게 웃으며 말하기를,

"무지한 도적의 장수야. 불쌍하고 불쌍하다. 명색이 대장부로서 남의 나라에 나왔다가 오늘날 나 같이 약한 여자를 당해 내지 못하고 탄식만 하니 너 같은 것이 어떻게 한 나라의 대장이 되어 남의 나라를 치려고 나왔느냐? 네, 내 말을 들어 보아

라. 도리를 모르는 너의 임금이 하늘의 뜻을 모르고 주제넘게 예의를 지키는 나라를 해롭게 하려 하고 너같이 젖비린내 나는 자를 보내었으니 네 임금의 일을 생각하면 가히 우습고 너의 신세를 생각하니 불쌍하지만 내 칼을 받아라. 내 칼이 사정없어서 용서하지 못하고 머리를 베어 버릴 것이니 무식한 평범한 남자라도 하늘의 뜻을 순순히 따르고 죽은 혼이라도 나를 원망하지 말아라."

하고 칼을 날려 오랑캐 장수의 머리를 베니 금빛 광채를 따라 말 아래에 떨어지는 것이었다. 계화가 적장의 머리를 베어 들고 피화당에 들어가 부인께 드리자 부인이 그 머리를 받아 바깥에 내치니 그제야 풍운이 그치고 밝은 달이 조용히 비쳤다. 오랑캐 장수의 머리를 다시 집어다가 후원의 높은 나무 끝에 달아 두고 다른 사람이 보게 하였다.

임금이 남한산성으로 행차하신 후 오랑캐들이 물밀듯 들어와 조정의 여러 대신들을 사로잡아 놓고 호령이 눈서리 같았다. 나라의 운수가 불행하여 이 지경에 이르렀으므로

영의정 최명길이 아뢰기를,

"싸움을 그칠 수 있도록 강화 회담을 하는 것이 좋을 듯합니다."

하므로 임금이 하늘을 우러러 탄식을 하고 글을 써서 오랑캐 진영에 보내시니, 오랑캐가 바로 들어가 왕비와 세자 대군 삼형제와 임금의 후궁들을 다 사로잡아 진지로 데리고 가고 장안으로 군사를 이끌고 가니, 임금이 그 거동을 보시고 더욱 애통해하시니 조정의 여러 신하들이 또한 하늘을 우러러 탄식하며 위로하여 아뢰기를,

"임금님의 옥체나마 보전하심을 천번 만번 두 손 모아 빕니다."

하며 김자점을 씹어먹으려고 하는 것이었다.

"이렇게 된 것은 하늘의 뜻이 아닐 수 없거니와 만고의 소인 김자점이 적의 세력을 도와 이같이 망하게 하였으니 어찌 슬프지 않겠는가."

하며 도성 안의 모든 백성들이 김자점을 씹어먹으려고 하지 않는 사람이 누가 있겠는가.

한편 용울대가 강화를 받아 가지고 장안에 들어가니 그곳을 지키던 병사가 보고 하기를,

"용장군이 여자의 손에 죽었습니다."

하는데 용골대의 형이 이 말을 듣고 깜짝 놀라 통곡을 하며 말하기를,

"내 이미 조선 왕에게 강화를 받았는데 누가 감히 내 동생을 해쳤느냐?"

하며,

"복수하는 것은 내 손바닥 안에 있으니 어서 들어가자."

하고 군사를 재촉하는 것이 서리같이 하여 우의정 집에 다다라 바라보니 후원 초당 앞의 나무 위에 용골대의 머리가 달려 있었다. 용골대의 머리를 보고 더욱 분한 마음을 참지 못하여 칼을 들고 말을 몰아 들어가려고 하는데, 도원수 한유가 피화당에 무성한 나무를 보고 깜짝 놀라 용울대를 말리며

말하기를,

"그대는 잠깐 분한 마음을 진정하여 내 말을 듣고 들어가지 말라. 초당의 나무를 보니 평범하지 않으므로 옛날 제갈량의 팔문금사진법(八門金蛇陣法)을 겸하였으니 어떻게 두렵지 않겠는가. 그대 동생은 본래 위험한 사람이라 험한 곳을 모르고 남을 가볍게 보고 멸시하다가 목숨을 재촉하였으니 누구를 원망하겠는가. 그대는 옛날 오나라 명장 육손이 어복포에서 제갈공명이 만든 팔진의 도형 속에 들어가 고생했던 일을 생각하여 험한 땅을 모르고 들어가지 말라."

용울대가 더욱 분하여 칼을 들고 땅을 두드려 하늘을 보고 탄식하여 말하기를,

"그러하면 용골대의 원수를 어떻게 해야 갚을 수 있겠습니까? 만리타국에 우리 형제가 함께 나왔다가 큰일을 이룬 후 우연히 동생을 죽이고 복수도 못하면 한 나라의 대장으로서 조그마한 여자에게 굴복하는 것이 옳지 못합니다. 어떻게 후세에 웃음을 면하겠습니까?"

한유가 대답하기를,

"그대가 한때의 분함을 참지 못하여 한갓 용맹만

믿고 저러한 험지에 들어갔다가는 복수하기는커녕 오히려 목숨을 보전하지 못할 것이니 잠깐 진정하여 그 신기한 재주를 살펴보아야 할 것이다. 비록 억만 명의 군사를 몰아서 들어간다 하여도 그 안을 감히 엿보지 못하고 군사들은 하나도 살리지 못할 것인데 하물며 홀로 말을 타고 들어가려고 하니 어떻게 살기를 바라겠는가."

용울대가 그 말을 듣고 옳게 여겨 들어가지는 못하고 군사를 호령하여 그 집을 에워싸고 한꺼번에 불을 지르라고 하니 군사들이 명령을 받들고 불을 지르는데, 다섯 색깔의 구름이 자욱한 가운데 수목이 변하여 무수한 장수와 병사들이 되어서 징과 북소리를 울리고 여러 사람의 함성이 천지를 진동하며 수많은 비룡과 맹호는 머리를 서로 맞대어 풍운이 크게 일어나며 전후좌우로 겹겹이 싸고 공중에서 신령스러운 장수들이 갑옷과 투구를 갖추어 입고 긴 창과 큰 칼을 들고 내려와 신령스러운 병사들을 수없이 몰아서 오랑캐들을 쳐 죽이니, 그 징과 북소리와 함성에 천지가 무너지는 듯하고 호령소리에 오랑캐 병사들이 넋을 잃어 진열을 차리지 못하고 서로 밟히어 죽는 자가 수없이 많았다.

오랑캐 장수가 급히 군사를 후퇴시키니 그제서야 날씨가 맑아지며 살벌한 소리가 그치고 신령스러운 장수들은 간 데 없었다. 오랑캐 장수들이 그 모습을 보고 더욱 분한 기운을 이기지 못하여 다시 칼을 들고 쳐들어가려고 하니, 청명하던 날이 순식간에 구름과 안개가 자욱해지고 지척을 분간하지 못하게 되므로 용울대가 감히 들어가지 못하고 용골대의 머리만 쳐다보고 하늘을 우러러 탄식할 때에, 홀연히 나무들 사이로 한 여자가 뚜렷이 나서며 크게 외쳐 말하기를,

"이 무지한 용울대야. 네 동생 용골대가 내 칼에 놀란 혼이 되었는데 너 역시도 내 칼에 죽고 싶어

서 목숨을 재촉하느냐."

용울대가 이 말을 듣고 더욱 화가 나서 크게 꾸짖어 말하기를,

"너는 어떤 여자이기에 대장부를 상대하여 요망한 말을 하느냐. 내 동생이 불행하여 네 손에 죽었으나 나는 이미 조선 임금의 항복 문서를 받았으니 너희들도 우리 나라의 백성이라, 어떻게 우리를 해치려고 하느냐. 이것은 이른바 나라를 모르는 여자라고 할 것이다. 정녕 살려 두어서 쓸데가 없으니 빨리 나와 칼을 받아 죄를 씻도록 하여라."

하였는데 계화가 그 말을 들은 체 아니하고 용골대의 머리만 수시로 가리키면서 꾸짖어 욕하며 말하기를,

"나는 충렬부인의 몸종 계화인데 너의 일을 생각하니 불쌍하고 가소롭다. 네 동생 용골대는 나와 같은 여자의 손에 죽고 너는 나를 당하지 못하여 저렇게 분함을 이기지 못하니 어찌 가련하지 않겠는가."

용울대가 더욱 분한 기운이 크게 솟아 쇠로 만든 활에 짧은 화살을 걸어서 쏘니 계화는 맞지 않고 예닐곱 걸음 가서 떨어지므로 용울대가 분함을 참

지 못하여 군사들에게 명령하여 활로 쏘라 하니 군사들이 명령을 받고 쏘았는데 아무도 맞히는 사람이 없으므로 용울대, 화살만 허비하고 기가 막혀 어떻게 해야 할지를 모르면서 그 신기함에 탄복하며 오히려 분한 마음을 참지 못하여 김자점을 불러 말하기를,

"너희들도 이제 우리 나라 백성들이라. 어서 성 안의 군사를 뽑아서 저 팔진도를 깨뜨리고 박씨와 계화를 사로잡아 들이라. 만일 그렇지 않으면 군법으로 다스리겠다."

하며 호령이 엄숙하므로 김자점이 두려워하며 대답하기를,

"어찌 장군의 명령을 거역하겠습니까?"

하며 공포를 쏘아 군사들을 호령하여 팔문진을 에워싸고 좌우 부딪쳐 보지만 어떻게 팔문진을 깨뜨릴 수 있겠는가.

용울대가 한 가지 꾀를 생각하고 군사를 시켜서 팔문진 사방에 화약 가루를 묻고 크게 소리쳐 말하기를,

"너희가 아무리 천 가지 변화술을 가졌다고 해도 오늘 같은 일을 당하고서야 어찌 살기를 바라겠는가. 목숨이 아깝거든 바로 나와 귀순하라."

하며 수없이 욕설을 해대었지만 한 사람도 대답하지 않았다.

용울대가 군사들에게 명령하여 한꺼번에 불을 지르니 화약이 터지는 소리가 산천이 무너지는 듯하고 불이 사방에서 일어나며 불빛이 하늘에 가득하니, 부인이 계화에게 시켜서 부적을 던지고 왼손에 홍화선이라는 부채를, 오른손에 백화선이라는 부채를 들고 오색실을 매어 불꽃 속에 던지니 갑자기 피화당에서부터 큰 바람이 일어나, 오히려 오랑캐 군사들의 진중으로 불길이 돌아오며 오랑캐 병사들이 불빛 속에 들어가 천지를 구별하지 못하며 불에 타 죽는 자가 그 수효를 알 수 없을 정도라 용울대가 깜짝 놀라 급히 병사들을 후퇴시키며 하늘을 우러러 탄식하여 말하기를,

"병사를 일으켜 조선에 나온 후 군사들의 피 한 방울도 흘리지 않고 공포 한 발에 조선을 차지하였는데 이곳에 와서 여자를 만나 불쌍한 동생을 죽이고 무슨 면목으로 임금과 귀비를 뵈올 것인가."

통곡해 마지않는데 여러 장수들이 좋은 말로 위로하며 의논하기를,

"아무리 하여도 그 여자에게 복수할 수는 없사오니 군사를 퇴각시키는 것이 좋을 것 같습니다."

하고 왕비와 세자 대군과 장안의 재물과 여자들을 거두어 행군하니 백성들의 울음소리가 산천을 움직였다.

이때 충렬부인이 계화로 하여금 적진에 대고 크게 외치게 하여 말하기를,

"무지한 오랑캐 놈아. 내 말을 들어라. 너희 왕은 우리를 모르고 너같이 입에서 젖비린내가 나는 자를 보내어 조선을 침략하고 노략질하니 나라의 운수가 불행하여 패망을 당하였지만 무슨 까닭으로 우리 나라의 중요한 사람들까지 끌고 가려고 하느냐. 만일 왕비를 모시고 갈 뜻을 둔다면 너희들을 땅속에 파묻어 버릴 것이니 신령님의 뜻을 돌아보거라."

하는데 오랑캐 장수가 이 말을 듣고 웃으며 말하기를,

"너의 말이 매우 가소롭다. 우리는 이미 조선 임금의 항복 문서를 받았으니 데리고 가는 것이나 안

데리고 가는 것이나 우리의 손아귀에 달렸는데 그런 말은 구차스럽게 하지 말라."

하며 수없이 비웃으니 계화가 다시 이르기를,

"너희들은 막무가내로 마음을 고치지 아니하는데 그렇다면 나의 재주를 구경하라."

하고 말을 마치며 무슨 주문을 외우는데 갑자기 공중에서 두 줄기 무지개가 일어나며 우박이 담아 붓듯이 오고 순식간에 폭우와 눈보라가 내리고 얼음이 얼어 오랑캐 진지의 장수와 병졸이며 말굽이 그 얼음에 붙어 떨어지지 아니하여 한 발짝도 움직이지 못하게 되었다.

오랑캐 장수가 그제서야 깨달아 말하기를,

"처음에 귀비가 분부하시기를 '조선에 신인이 있을 것이니 부디 우의정 이시백의 집 후원을 침범하지 말라' 고 하셨는데 우리가 일찍 깨닫지 못하고, 또한 한때의 분함을 생각하여 귀비의 부탁을 잊고 이곳에 와서 오히려 그 죗값으로 재앙을 당해 십만 대병을 다 죽일 뿐 아니라 용골대도 죄 없이 죽이고 무슨 면목으로 귀비를 뵈올 것인가. 우리가 이러한 일을 당하였으니 부인에게 비는 것이 좋을 것이다."

하고 오랑캐 장수들이 갑옷과 투구를 벗어 안장에 걸고 손을 묶어 팔문진 앞에 나아가 땅바닥에 엎드리고 용서를 빌며 말하기를,

"소장이 천하를 주름잡고 조선까지 나왔으나 무릎을 한 번도 꿇은 바 없었는데 부인의 휘장 아래에서 무릎을 꿇어 비나이다."

하며 머리를 조아리며 애걸하고 또 빌며 말하기를,

"왕비는 모시고 가지 않겠습니다. 소장들에게 길을 열어 돌아가게 해 주십시오."

하고 수없이 애걸하는데 부인이 그제야 주렴을 걷고 나오며 큰소리로 꾸짖어 말하기를,

"너희들을 씨도 없이 땅속에 파묻어 버리려고 하였는데 내가 사람의 목숨을 죽이는 것을 좋아하지 않기 때문에 용서하는 것이니 네 말대로 왕비는 모시고 가지 말 것이며, 너희들이 어쩔 수 없이 세자와 대군을 모시고 간다 하니 그도 또한 하

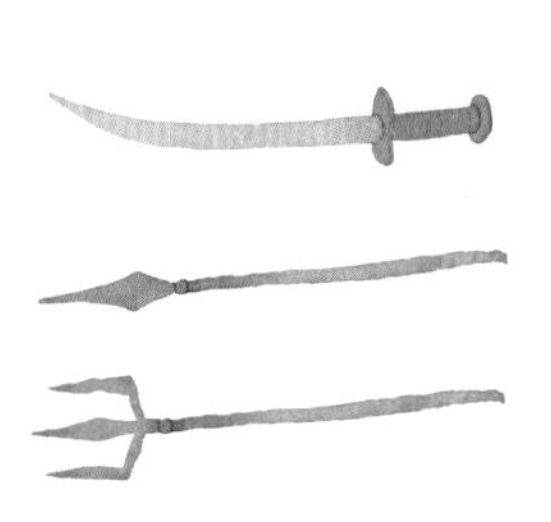

늘의 뜻을 따라 거역하지 못할 것이니 부디 조심하여 모시고 가라.

나는 앉아서도 먼 곳의 일을 아는 재주가 있으니 그렇게 하지 않으면 내가 신장과 갑옷 입은 병사들을 모아 너희들을 다 죽이고 나도 북경에 들어가 국왕을 사로잡아 분을 풀고 무죄한 백성들을 남기지 않을 것이니 내 말을 거역하지 말고 명심하라."

하니 용울대가 다시 애걸하며 말하기를,

"소장의 아우의 머리를 내어 주시면 부인의 덕택으로 고국에 돌아가겠습니다."

부인이 크게 웃으며 말하기를,

"옛날 조양자는 지백의 머리를 옻칠하여 술잔을 만들어 이전 원수를 갚았으니 나도 옛일을 생각하여 용골대의 머리를 옻칠하여 남한산성에서 패한 분을 만분의 일이나마 풀 것이다. 너의 정성은 지극하나 각기 그 임금 섬기기는 꼭 같은 것이다. 아무리 애걸하여도 그것만은 못할 것이다."

용울대가 이 말을 듣고 분한 마음이 하늘을 찌르나 용골대의 머리만 보고 매우 슬피 울 따름이고 어떻게 할 수 없어 하직하고 행군하려 하니 부인이 다시 말하기를,

"행군하되 의주로 가서 임 장군을 보고 가라."

용울대가 그 비계를 모르고 마음속으로 생각하기를,

'우리가 조선 임금의 항복 문서를 받았으니 서로 만나는 것도 좋다.'

하고 다시 하직하고 세자와 대군과 장안의 재물과 여자들을 데리고 의주로 가는데 잡혀가는 부인들이 하늘을 우러러 통곡하며 말하기를,

"박씨 부인은 무슨 복으로 환란을 면하고 고국에 안전하고 한가롭게 있고 우리는 무슨 죄로 만리타국에 잡혀가는가. 이제 가면 어느 날 어느 때 고국의 산천을 다시 볼 것인가."

하고 눈물을 흘리며 소리 높여 우는 사람이 무수히 많았다. 부인이 계화에게 시켜 외치기를,

"인간의 괴로움과 즐거움은 흔한 일이라 너무 슬퍼하지 말고 들어가면 3년 사이에 세자 대군과 모든 부인을 모시고 올 사람이 있으니 부디 안심하여 아무 일 없이 도착하도록 하라."

하고 위로하였다.

오랑캐 군사가 나올 때 매복한 오랑캐 군사들이 길목을 지키고 있어서 한양과 의주를 연락하지 못

하게 하니 슬프다. 이 같은 변을 만나 임금님께서 의주에 편지를 내리시어 임경업을 불렀으나 중간에서 없어지고 임경업은 전혀 모르고 있다가 늦게야 소식을 듣고 밤낮을 가리지 않고 걸음을 재촉하여 올라오다가 앞에 한 무리의 군사와 말이 길을 막고 있으므로 임경업이 바라보니 바로 오랑캐 병사들이었다. 분한 기운이 크게 일어나 칼을 들고 적진으로 뛰어들어 한 번 칼을 휘두르기도 전에 다 무찌르고 분기를 참지 못하여 말 한 필을 타고 혼자 의주를 떠나 바로 한양을 향하여 갔다.

용울대가 의기양양하여 나오는데 임경업이 분한 기운이 크게 솟구쳐 앞에 나오는 선봉장의 머리를 단칼에 베어들고 좌충우돌하여 막을 사람이 없는 것 같이 말을 타고 이리저리 휘젓고 다니니 군사들의 머리가 가을 바람에 낙엽이 떨어지듯 하였다.

오랑캐 병사들이 감히 대들지 못하고 죽는 자가 수도 없이 많으므로 한유와 용울대는 하늘을 우러러 통곡하며 박씨 부인의 비밀스러운 계책에 빠졌다는 것을 깨달아 몹시 후회하고 즉시 글을 써 한양으로 올리니 임금이 보시고 즉시 임경업에게 조서(詔書)를 내리시어 오랑캐 군사들이 나아가게 하시었다.

임경업이 한칼에 적진의 장수와 병사들을 죽이고 바로 용울대를 죽이려고 하는데, 마침 한양으로부터 내려오는 사자가 조서를 드리자 임경업이 북쪽을 바라보고 네 번 절을 하여 예를 갖추고 조서를 열어보니 그 조서에 대강 이르기를,

나라의 운수가 불행하여 아무 날 아무 때에 오랑캐 무리들이 북쪽으로 돌아 동대문을 깨뜨리고 한양에 쳐들어와 살육하였으므로 짐이 남한산성으로 피난하였는데 십만 명의 적 병사들이 산으로 쫓아와 여러 날 동안 에워싸고 있으면서 매우 급박하게 쳐들어오니 경도 천리 밖에 있고 수하의 두 장수가 없어 빼내지 못하였기 때문에 어쩔 수 없이 강화조약을 맺었으니 어찌 슬프지 않겠는가. 분명 하늘의 운수라 분하지만 어찌 하겠는가. 경의 충성이 오히려 힘은 들이나 이익이 없는 것이다. 오랑캐 진영의 장수와 병사들이 내려가거

든 항거하지 말고 넘겨 보내라.

하였던 것이다.

임경업이 다 보고 나자 칼을 땅에 던지고 큰소리로 통곡하며 말하기를,

"슬프다. 조정에 만고의 소인이 있어 나라를 이렇게 망하게 하였으니 밝은 하늘이 이렇게 무심하시겠는가."

하며 통곡하기를 마지않다가 분함을 이기지 못하여 다시 칼을 들고 적진에 뛰어들어가 적의 장수를 잡아 엎드리게 하고 꾸짖어 말하기를,

"너희 나라가 지금까지 지탱하는 것은 도대체 나의 힘인 줄 모르고 무지한 오랑캐 놈들이 이같이 하늘의 뜻을 거스르는 마음을 품어 우리 나라에 들어와 이렇게 하니 너희 일행을 씨도 없이 할 것이지만 우리 나라의 운수가 이렇게 불행하므로 왕명을 거역하지 못하여 너희 놈들을 살려 보내는 것이니 세자와 대군을 평안히 모시고 들어가라."

하고 한바탕 통곡을 한 후에 보내었다.

임금이 박씨의 말을 처음부터 듣지 아니하신 것을 돌이켜 뉘우치시니 모든 신하가 탄식하며 아뢰

기를,

"박씨의 말대로 하였던들 어떻게 이런 변고가 있었겠습니까?"

임금이 분하게 여기어 탄식하여 마지않으며 말씀하시기를,

"박씨가 만일 대장부로 태어났다면 어떻게 오랑캐들을 두려워하였겠는가. 그러나 규중의 여자가 맨손에 혼자의 몸으로 무수한 오랑캐들의 예리한 기운을 꺾어 조선의 위엄을 빛내었으니 이것은 예부터 이제까지 없었던 일이다."

하시고 충렬부인에게 정렬을 더 봉하시고 일품의 봉록에 만금의 상을 주시고 또 궁녀로 하여금 조서를 내리시어 충렬부인이 북향 사배하고 열어 보니 그 조서에 대강 이르시기를,

짐이 밝지 못하여 충렬의 선견지명과 나라를 위해 하는 말을 따르지 않은 탓으로 나라가 망극하여 이 지경이 되었으니 정렬에게 조서를 내리는 것이 오히려 부끄럽도다. 정렬의 덕행과 충효는 이미 아는 바라 규중에 있으면서 나라의 위엄을 빛내고 왕비의 위태로움을 구하였으니 정렬의 충성은 두말할

나위가 없거니와 오직 나라와 더불어 영화와 고락을 함께하기를 그윽이 바라노라.

하였다.

정렬부인이 다 보고 나서 임금의 은혜가 끝이 없음을 못내 사례하였다.

당초에 박씨가 출가할 때에 외모를 추하고 보잘것없게 한 것은 여색을 탐하는 사람이 혹하여 빠져들까 염려한 것이며, 형상을 탈바꿈하여 본색을 나타낸 것은 부부간에 화합하고자 한 것이고, 피화당에 있으면서 팔문진을 친 것은 나중에 순찰하고 돌아다니는 오랑캐들을 막기 위한 것이고, 왕비를 못 모시고 가게 한 것은 오랑캐의 음흉한 변을 만날까 염려하였기 때문이고, 세자와 대군을 모시고 가게 한 것은 하늘의 뜻을 따랐던 것이고, 오랑캐 장수로 하여금 의주로 가게 한 것은 임 장군을 만나 영웅의 분한 마음을 풀게 한 것이라.

그 뒤로부터 박씨 부인은 충성으로 나라에 무슨 일이 있으면 극진히 하고 노비와 몸종들을 의리로 다스리고 친척을 화목하게 하여 덕행이 높아 온 나라 사람들의 칭송이 자자하고 이름을 후세에 길이 전하게 되었다.

이 승상 부부가 이후로 자손이 집안에 가득하고 태평스러운 재상이 되어 팔십여 세를 누리고 부귀영화가 극진하니 온 조정 안과 한 나라가 우러르며 떠받드는 것이었다.

좋은 일이 지나가고 슬픈 일이 오는 것은 예로부터 흔한 일이라 박씨와 승상이 잇달아 우연히 병을 얻어 백 가지 약이 효험이 없으므로 부부가 자손을 불러 뒷일을 당부하고 말하기를,

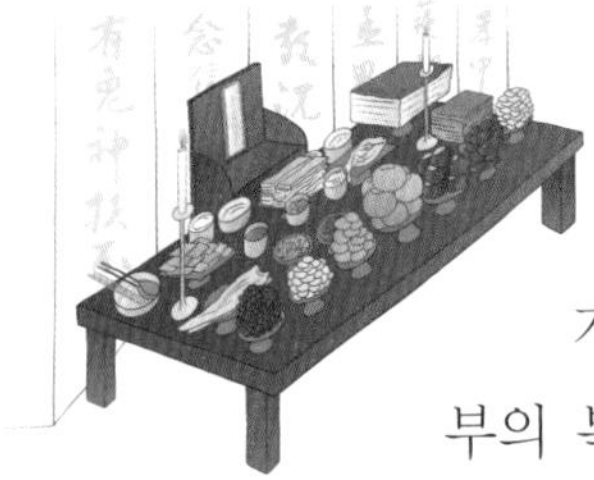

"옛 성인이 말하시기를 세상에 살아 있는 것은 붙어 있는 것이고 죽는 것은 돌아가는 것이라 하셨으니 우리 부부의 복록은 끝이 없다 할 것이다. 인생의 삶과 죽음이 마땅히 이러하니 우리가 돌아간 뒤에 자손들은 지나치게 슬퍼하지 마라."

하고는 때를 잇달아 숨이 끊어지시니 한 집안의 아랫사람과 윗사람 할 것 없이 모두 발상(發喪)하여 예절을 극진하게 차려 선산에 안장하니, 임금이 들

으시고 비감하시어 부의(賻儀)로 베와 금은을 내리시어 장사를 지내는 데 보태게 하시었다.

이후에 자손이 대대로 관록이 끊이지 않고 가문의 모임이 끊이지 않고 융성하였다.

본래 사람이 세상에 태어나서 남녀를 불문하고 재주와 인덕이 고루 갖추어지기 어려운 것인데 박씨는 한낱 여자로 단지 재덕뿐 아니라 신령스러운 기계와 신묘한 헤아림이 촉한 때의 제갈량을 본받았으니 오래도록 드문 일이나 아깝다고 할 수 있는 것은 여자로서 이런 재주를 가진 것은 드문 일이고, 이것은 조선의 국운에 하늘의 뜻이 이렇기 때문이니 특별히 드러나지 못하고 대강 전설을 통해서 기록하게 되어 가히 한스럽다고 할 수 있을 것이다.

그 뒤에 계화도 승상 부부의 삼년상을 극진히 받들고 우연히 병이 들어 죽으니 나라에서 그 사연을 들으시고 장하게 여기시어 충비로 봉하셨다.

박씨 부인의 충절과 덕행, 재주와 기이한 계책은 희한하고 세상에 자취 없이 사라지게 하기 아까워 대강 기록하였다.

경업이 벼슬을 받으며 양국 인수를 두 줄로 차고

황금 보신갑에 봉투구를 제껴 쓰고
청룡검을 비껴 들고,

천리 대완마를 타고 대장군을 거느려

산곡에 다다라 진세를 베풀었다.

임경업전

임경업전 미리보기

충청도 충주에서 태어난 임경업은 십팔 세에 무과에 급제하여 백마강 만호가 된 후 사신으로 가는 이시백을 따라 중국으로 간다. 이때 호국이 가달의 침략을 받아 명나라에 구원을 청하지만 명나라에는 마땅한 장수가 없어 조선에게 대신 구원병을 요청하자 임경업이 대장으로 출전한다. 귀국 후 호국이 강성하여 조선을 침략하자 조정에서 임경업을 의주부윤으로 봉하여 호국의 침입을 막도록 한다. 그러자 호국은 임경업이 있는 의주를 피해 도성을 공격하고 인조의 항복을 받는다. 호왕은 명나라를 치기 위해 임경업을 대장으로 청병을 요구한다.

김자점의 주청으로 임경업을 호국에 파견하자 임경업은 명나라로 하여금 거짓 항복 문서를 올리게 하고 명나라 군과 합세하여 호국을 정벌하려고 하지만 호국 군에게 인질로 잡혀가게 된다. 호국에 잡혀 온 임경업의 위엄과 충의에 감복한 호왕은 세자 일행과 임경업을 본국으로 돌려보낸다. 귀환 소식을 들은 김자점은 임경업을 암살한다. 꿈속에서 임경업을 죽인 김자점의 소행을 알게 된 임금은 김자점과 그의 가족 모두를 처형한다.

임경업전 핵심보기

〈임경업전〉은 조선 인조 때의 명장 임경업의 일생을 1791년에 간행된 〈임충민공실기(林忠愍公實記)〉를 토대로 민간에서 구전되는 설화를 모은 것으로 작가와 연대 미상의 한글 소설이다.

병자호란(丙子胡亂) 때 외적의 침입으로 온 나라가 위기에 봉착하자 사리사욕만 일삼던 집권층에 대한 민중의 분노를 배경으로 역사적 사실이 부분적으로 반영된 작품이다.

민중들은 나라의 힘이 부족했기 때문이 아니라 조정에 간신들이 많아 수난을 겪었던 것이며, 억울한 누명을 쓰고 희생된 임경업 같은 영웅들의 활약을 펼치지 못하게 하는 세도가들에 대한 비판의식과 조선 후기 민족의식을 잘 표현한 작품이다.

목숨은 하늘에 정해 있으니 굴복치 않으리라……

명나라 숭정(崇禎) 말기에 조선의 충청도 충주(忠州) 단월 땅에 한 사람이 있었는데 성은 임(林)이고 이름은 경업(慶業)이었다.

어려서부터 학업에 힘쓰더니 일찍 부친을 여의자 모친을 지극한 효성으로 섬기고 형제 우애하며 농업에 힘쓰니 종족 향당이 다 칭찬하였다.

경업의 사람됨이 관후하여 사람을 사랑하고 늘 말하기를,

"남자가 세상에 나면 마땅히 입신양명(立身揚名)하고 임금을 섬겨 이름을 죽백(竹帛: 서적, 역사를 기록한 책)에 드리워야 할 것이다. 어찌 속절없이 초목같이 썩으리오."

하였다.

이럭저럭 십여 세가 되어 밤이면 병서를 읽고 낮이면 무예와 말 달리기를 일삼았다.

무오년(戊午年:1618년)에 이르니 나이 십팔 세였다.

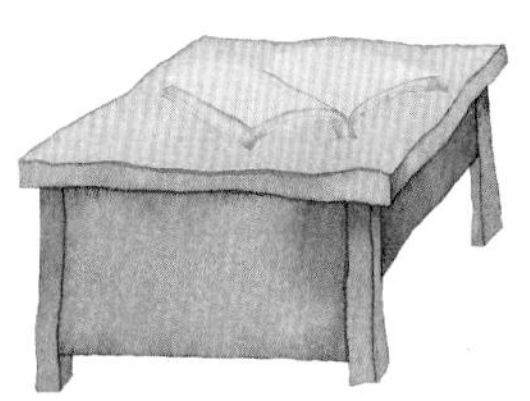

과거가 열린다는 기별을 듣고 경사에 올라와 무과 장원하니 곧바로 전옥주부(典獄主簿)로 출륙(出六:참하에서 육품으로 승급)하여 어사하신 계화청삼(나라의 제향 때 입는 푸른 적삼)에 알맞게 종을 거느리고 대로상으로 행할 때 길가의 보는 이들 중 그 위풍을 칭찬하지 않는 이가 없었다.

사흘 유가(遊街)를 마친 뒤에 조정에 말미를 얻어 고향으로 돌아가 모친을 뵈니 부인이 옛일을 추억하여 일희일비하고 동네 친척을 모아 즐긴 후에 모친께 하직하고 직무에 나아갔다.

3년 만에 백마강 만호(白馬江 萬戶)가 되어 임지에 부임한 후로 백성을 사랑하고 농업을 권하며 무예를 가르치니 이로부터 백마강의 백성들을 잘 다스린다는 소문이 조정에 미쳤다.

이때 우의정 원두표(元斗杓)가 임금께 아뢰기를,

"신이 듣기로 천마산성(天磨山城)은 방어를 중지

한 터라 성첩(성 위에 낮게 쌓은 담)이 퇴락하여 형용이 없다 하오니 재주 있는 사람을 보내어 보수함이 마땅할까 하나이다."

임금이 말하기를,

"그런 사람을 경이 천거하라."

우의정이 다시 아뢰기를,

"백마강 만호 임경업이 족히 그 소임을 감당할 것입니다."

임금이 즉시 경업에게 천마산성 중군(中軍)을 제수하였다. 경업이 유지(임금이 신하에게 내리는 글)를 받고 진졸을 모아 호궤(군사들에게 음식을 주어 위로함)하니 모든 진졸이 각각 주찬을 갖추어 드리자 경업이 친히 잔을 잡고 말하기를,

"내 너희에게 은혜를 끼친 바 없거늘 너희들이 나를 이같이 위로하니 내 한잔 술로 정을 표하노라."

하고 잔을 들어 권하니 모든 진졸이 잔을 받고 감사하며 말하기를,

"소졸들이 부모 같은 장수를 하루아침에 멀리 이별하게 되오니 갓난아이가 어머니를 잃음 같소이다."

하고 멀리까지 나와 하직하였다.

경업이 경성에 올라와 이조판서를 뵈니 판서가 말하기를,

"그대의 아름다운 말이 조정에 들려 내 우상과 의논하여 탑전(왕의 자리 앞)에 아뢴 바라."

하니 경업이 배사(공경히 받들어 사례함)하여 말하기를,

"소인 같은 용재를 나라에 천거하와 높은 벼슬을 하이시니(시키시니) 황감무지하여이다."

하고 이어서 입궐 사은한 후에 우의정을 뵈니 우상이 말하기를,

"들으니 그대 재주가 만호에 오래 두기 아까워 조정에 천거한 바니 바삐 내려가 성역(城役: 성을 쌓거나 고치는 일)을 시급히 성공하라."

하니 경업이 배사하여 말하기를,

"소인 같은 인사로 중임을 능히 감당치 못할까 하나이다."

하고 하직하였다.

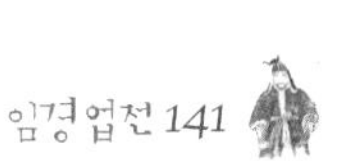

천마산성에 도임한 후에 성첩을 돌아보니 졸연히(갑작스럽게) 수축하기가 어려운지라 즉시 장계하여 정군(장정으로 군역에 복무하는 사람)을 발하여 성역하기를 청하니 임금이 즉시 병조에 하사하여 건장한 군사를 택출하여 보냈다.

이때 경업이 군사와 백성을 거느려 성역을 하면서 소를 잡고 술을 빚어 매일 호궤하며 친히 잔을 권하여 말하기를,

"내가 나라 명을 받자와 성역을 시작하니 너희는 힘을 다하여 부지런히 하라."

하고 백마를 잡아 피를 마셔 맹세하고 다시 잔을 잡고 말하기를,

"나는 너희들의 힘을 빌려 나라 은혜를 갚고자 하노라."

하고 춥고 더우며 괴롭고 기쁨을 극진히 염려하니 모든 군졸이 감격에 겨워 제 일같이 마음을 다하는 것이었다.

하루는 중군(임경업)이 친히 돌을 지고 군사 중에 섞여 오는데, 역군 등이 쉬자 중군이 또한 쉬니 한 역군이 말하기를,

"우리 그만 쉬고 어서 가자. 중군이 알겠다."

중군이 웃으며 말하기를,

"임 장군(林將軍)도 쉬는데 어떠랴."

하니 역군 등이 그 소리를 듣고 일시에 놀라 돌아보며 하는 말이,

"더욱 감격하니 어서 가자."

하니 중군이 그 말을 듣고,

"더 쉬어 가자."

하여도 역군들이 일시에 일어나 갔다.

이후로 이렇듯 마음을 다하니 불일 성시하여 1년 만에 필역(畢役: 역사를 마침)했지만 한 곳도 허술함이 없었다.

군사를 호궤하여 상급하고 말하기를,

"너희 힘을 입어 나라 일을 무사히 필역하니 못내 기꺼하노라."

하니 역군 등이 배사하여 말하기를,

"소인 등이 부모 같은 장군님의 덕택으로 한 명도 상한 군사가 없고, 또 상급이 후하시니 돌아가도 그 은덕을 오매불망이로소이다."

하였다.

중군이 즉시 필역 장계를 올리니 상이 장계를 보고 기특히 여겨 가자(加資)를 돋우고 그 재주를 못

내 칭찬하였다. 이때가 갑자년 팔월이었다.

남경(南京)에 동지사(冬至使)를 보내면 수천 리 수로가 험한 까닭에 상이 근심하다 조신 중에서 택용하여 이시백(李時白)을 상사(上使)로 정하고,

"군관을 무예 가진 사람으로 뽑으라."

하니 이시백이 임경업을 계청하므로 임 장군이 상사의 전령을 듣고 즉시 상경하여 상사를 뵈니 상사가 반겨 말하였다.

"나라가 나를 상사로 임명하고 군관을 택용하라 하시어 그대를 계청하였으니 그대 뜻이 어떠한가."

경업이 대답하기를,

"소인 같은 용렬한 것을 계청하시니 감축 무지하여이다."

하고 인하여 사신 일행이 떠나면서 부모처자를 이별할 때 슬픔을 머금고 승선 발행하여 남경에 무사 득달하니 이때는 갑자년 추구월(秋九月)이었다.

호국(胡國)이 강남(江南)에 조공하다가 가달(可達)이 강성하여 호국을 침범하니 호왕이 강남에 사신을 보내어 구원병을 청하므로 황제가

호국에 보낼 장수를 가릴 때 접반사(接伴使) 황자명(皇子明)이 경업의 위인이 비상함을 주달하니 황제가 듣고 즉시 경업을 불러 하사하며 말하였다.

"이제 조정이 경의 재주를 천거하여 경으로 구원장을 삼아 호국에 보내어 가달을 치려 하나니 경은 모름지기 한번 호국에 나아가 가달을 파하여 이름을 삼국에 빛냄이 어떠하뇨."

경업이 엎드려 아뢰었다.

"소신이 본디 도략이 없사오니 중임을 어찌 당하오며, 하물며 타국지신(他國之臣)으로 거려지신(居廬之臣)이오니 장졸들이 신의 호령을 좇지 아니하면 대사를 그릇하여 천명을 욕되게 할까 저어하나이다."

상이 대희하사 상방 참마검을 주며 말하기를,

"제장 중에 군령을 어긴 자가 있거든 선참후계(先斬後啓: 먼저 처벌하고 나중에 보고함)하라."

하시고 경업을 배하여 도총 병마 대원수로 삼고 조선 사신을 상사하였다. 이때 경업의 나이 이십오세였다.

사은 퇴장하여 교장에 나와 제장 군마를 연습할 때 경업이 융복을 정제하고 장대에 높이 앉아 손에

상방검(尙方劍)을 들고 하령하기를,

"군중에는 사정이 없다. 군법을 어기는 자는 참하리니 후회함이 없게 하라."

하니 장졸이 청령하며 군중이 엄숙하였다.

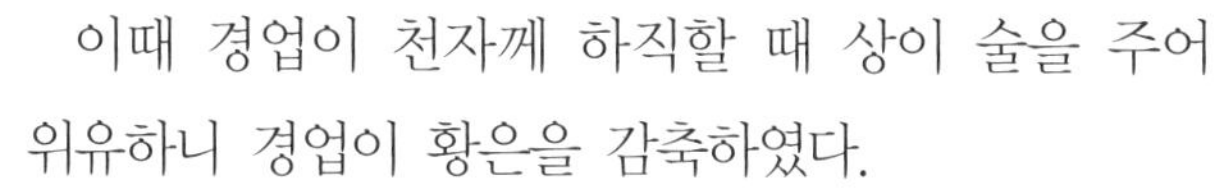

이때 경업이 천자께 하직할 때 상이 술을 주어 위유하니 경업이 황은을 감축하였다.

물러와 상사를 보니 상사가 떠남을 심히 슬퍼하는데 경업이 안색을 밝게 하여 말하기를,

"화복이 수에 있고 인명이 재천하니 조선과 대국이 다르오나 막비왕토(莫非王土)요, 솔토지민(率土之民)이 막비왕신(莫非王臣: 왕의 신하 아닌 사람이 없음)이라 하니 어찌 죽기를 사양하리이까."

하고 인하여 하직하니 상사가 결연하여 입공 반사함을 천만 당부하였다.

만조백관이 성 밖에 나와 전별하였다. 경업이 상사와 백관을 이별하고 행군하여 혹구에 이르니 노정(路程)이 삼천칠백 리였다.

호왕이 구원장 온다는 소식을 듣고 성 밖 십 리

까지 나와 영접하여 친히 잔을 들어 관대하고 벼슬을 대사마 대원수를 내렸다.

경업이 벼슬을 받으며 양국 인수를 두 줄로 차고 황금 보신갑에 봉투구를 제껴 쓰고 청룡검을 비껴 들고, 천리 대완마를 타고 대장군을 거느려 산곡에 다다라 진세를 베풀었다.

가달의 진세를 바라보니 철갑 입은 장수가 무수하고 빛난 기치와 날랜 창검이 햇빛을 가리었으니 그 형세가 매우 웅위한데 다만 항오(行伍)는 혼란하였다.

경업이 대희하여 제장을 불러 각각 계교를 가르쳐 군사를 나누어 여러 입구를 지키게 하고, 진전에 나와 요무양위(耀武揚威)하여 싸움을 돋우니 가달이 진문을 크게 열고 일시에 내달아 꾸짖어 말하기를,

"너희 전일에 여러 번 패하여 갔거늘, 너는 어떤 사람이기에 감히 접전코자 하느냐. 속절없이 무죄한 군사만 죽이지 말고 빨리 항복하여 잔명을 보존하라."

하니 경업이 응하여 크게 꾸짖어 말하기를,

"나는 조선국 장수 임경업이러니 대국에 사신으

로 왔다가 청병 대장으로 왔거니와 너희 아직 무지한 말을 말고 승부를 결하라."

가달이 대로하여 말하기를,

"너보다 십 배나 더한 장수가 오히려 죽으며 항복하였거늘 무명 소장이 감히 큰 말을 하느냐."

하고 모든 장수가 일시에 달려들었다.

경업이 맞아 싸워 수합이 못하여 선봉장 둘을 베고 진을 깨쳐 들어가며 사면 복병이 일시에 내달아 짓쳤다.

가달의 장수 죽채(竹采)가 두 장수의 죽음을 보고 장창을 들어 경업을 에워싸고 치니 경업이 혹은 앞에서 혹은 뒤에서 도적을 유인하여 산곡 가운데로 들어갔다.

문득 일성 포향(一聲砲響)에 사면 복병이 내달아 시살하니 적장이 황겁하여 진을 거두고자 하나 난군 중에 헤어져 대병에 죽은 바 되어 주검이 산 같았다.

죽채가 여러 장수를 다 죽이고 황망히 에운 데를

헤쳐 죽도록 싸우며 달아나거늘 경업이 좌우충돌하며 크게 꾸짖기를,

"개 같은 도적은 달아나지 마라. 어찌 두 번 북 치기를 기다리랴."

하고 말을 채찍질하여 칼을 휘두르니 죽채의 머리가 말 아래에 떨어지고 군사 중에 죽은 자가 불가승수(不可勝數: 너무 많아 수를 셀 수 없음)였다.

경업이 군사를 지휘하여 남은 군사를 사로잡고 군기와 마필을 거두어 돌아왔다.

가달이 죽채의 죽음을 보고 감히 싸울 마음이 없어 패잔군을 거느려 달아났다. 경업이 대군을 몰아 따르니 가달이 능히 대적하지 못하여 사로잡힌 바가 되었다.

경업이 돌아와 장대에 높이 앉고,

"가달을 원문(轅門: 군영) 밖에 밀어내어 참하라."

하니 가달이 혼비백산하여 울며 살기를 비니 경업이 꾸짖어 말하였다.

"네 어찌 무고히 기병하여 이웃 나라를 침노하느냐."

가달이 꿇어 말하기를,

"장군이 소장의 잔명(殘命: 거의 죽게 된 목숨)을 살

려주시면 다시는 두 마음을 두지 아니하리이다."

하니 경업이 군사에게 분부하여 맨 것을 끄르고 경계하여 말하기를,

"인명을 아껴 용서하니 차후로는 두 마음을 먹지 말라."

가달이 머리를 조아려 사례하고 쥐 숨듯 본국으로 돌아가니 호국 장졸이 임 장군의 관후한 덕을 못내 칭송하였다.

경업이 데려온 장수와 군사가 하나도 상한 자가 없으니 호국에 임 장군을 위하여 만세불망비(萬世不忘碑)를 무쇠로 만들어 세우니 이름이 제국에 진동하였다.

인하여 경업이 환군하여 남군으로 돌아갈 때 호왕이 수십 리 밖에 나와 전송하며 잔을 들어 사례하여 말하기를,

"장군의 위덕(威德)으로 가달을 쳐 파하고 아국을 진정하여 주시니 하해 같은 은혜를 어찌 만분지일(萬分之一)인들 갚을 바를 도모하리오."

하고 금은 채단 수십 수레를 주며 말하였다.

"이것이 약소하나 지극한 정을 표하나니 장군은 물리치지 말라."

경업이 사양치 아니하고 받아 모든 장졸들에게 나누어 주며 말하기를,

"내 너희 힘을 입어 대공을 세워 이름이 양국에 빛나거니와 너희들은 공이 없으므로 이 소소지물(小小之物)로써 정을 표하나니라."

하니 장졸이 말하기를,

"저희들이 군명을 받자와 타국에 들어와 이 땅 귀신이 아니 되옵기는 장군의 위력이거늘 도리어 상급을 받자오니 감축하여이다."

하고 백배 칭사하였다.

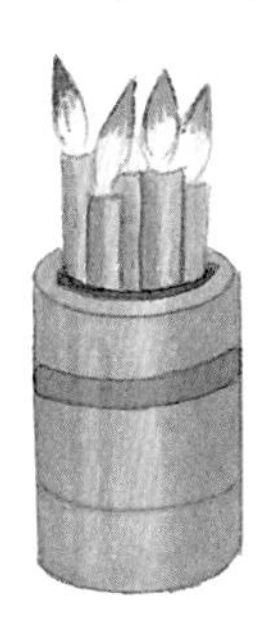

이때 천자가 경업을 호국에 보내고 주야로 염려하여 소식을 기다리더니 경업의 승첩(勝捷)한 계문(啓文:글로 써서 상주함)을 보고 크게 기뻐하여 말하기를,

"조선에 어찌 이런 명장이 있을 줄 알았으리오."

하였다.

경업이 돌아와 복명(復命:명령을 받고 그 결과를 보고함)하니 천자가 반기며 상빈 예우로 대접하고 말하기를,

"경이 만리타국에 들어왔거늘 의외로 호국에 보내고 염려 무궁하더니 이제 승첩하고 돌아오니 어찌 기쁨을 측량하리오."

하고 설연 관대하니 경업이 황은을 사은숙배하였다.

퇴조(退朝: 조정에서 물러나옴)하고 상사를 뵈니 황망히 경업의 손을 잡고 말하기를,

"그대와 더불어 타국에 들어와 수이 돌아감을 바라더니 천만 의외 황명으로 타국 전장에 보내고 내두사(來頭事: 앞으로 닥쳐올 일)를 예측하지 못하여 염려함이 간절하더니, 하늘이 도우사 만리 밖에 성공하여 이름을 삼국에 진동하니 기쁘고 다행함을 다 어찌 기록하리오."

하며 동반 하졸 등이 또한 하례하였다.

세월이 여류(如流)하여 기사년 4월이 되니 중국에 들어온 지 이미 6년이라. 돌아감을 주달하니 천자가 사신을 인견하여 말하기를,

"경들이 짐의 나라에 들어와 대공을 세워 아름다운 이름을 타국에 빛내니 어찌 기특치 아니하리오."

하고 친히 옥배(玉杯)를 잡아 주며 말하였다.

"이 술이 첫째는 사례하는 술이요, 둘째는 전별하는 술이니 나라가 비록 다르나 뜻은 한가지라. 어찌 결연(結緣)치 아니하리오."

경업이 황감하여 잔을 받고 부복하여 아뢰었다.

"소신이 미천한 재질로 중국에 들어와 외람히 벼슬을 받잡고, 또 이렇듯 성은을 입사오니 황공 감축하와 아뢰올 바를 알지 못하리로다."

천자 그 충의를 기특히 여기었다.

사신이 황제께 하직하고 물러나와 황자명(皇子明)을 보고 이별을 고하니 자명이 주찬을 갖추어 사신을 접대하고, 경업의 손을 잡고 떠나는 정회(情懷) 연연(戀戀)하여 슬퍼하며 후일에 다시 봄을 기약하고 멀리 나와 전송하였다.

사신이 나오면서 먼저 장계를 올리되 경업이 호국 청병장으로 천조(天朝)에 벼슬을 하여 도원수 되어 서번, 가달을 쳐 승첩하고 나오는 연유를 계달하였다.

상이 장계를 보고 말하기를,

"이는 천고에 드문 일이다."

하고 못내 기특히 여겼다.

사신이 경성(京城)에 이르니 만조백관이 나와 맞아 반기며 장안 백성들이 경업의 일을 서로 전하여 칭찬 않는 이가 없었다.

사신이 궐내에 들어와서 복명을 하니 상이 반기며 말하기를,

"만리 원로에 무사 회환(回還)하니 다행하기 측량없고, 경으로 인하여 임경업을 타국 전장에 보내어 승첩하니 조선의 빛남이 또한 적지 아니하오."

하고,

"경업을 초천(超遷:등급을 뛰어넘어 승진)하라."

하였다.

때는 신미년(辛未年:1631년) 춘삼월이었다. 영의정 김자점(金自點)이 흉계를 감추어 역모를 품었으되 경업의 지용(智勇)을 두려워하여 감히 반심을 발하지 못하였다.

이때 호왕(胡王)이 가달을 쳐 항복받고 삼만 병을 거느려 압록강에 와서 조선 형세를 살피니 의주(義州) 부윤이 대경하여 이 뜻으로 장계하였다.

상이 장계를 보고 놀라 문무백관을 모아 말하기를,

"이제 호병이 아국을 엿본다 하니 어찌하리오."

제신들이 아뢰기를,

"임경업의 이름이 호국에 진동하였사오니 이 사람을 보내어 도적을 막음이 마땅할까 하나이다."

상이 의윤(依允: 신하의 청을 임금이 허락함)하여 즉시 경업을 의주부윤 겸 방어사(義州府尹兼防禦使)로 임명하고, 김자점을 도원수(都元帥: 군무를 통괄하던 장수. 또는 지방의 병권을 도맡은 장수)로 임명하니 경업이 사은숙배하고 내려가 도임하였다.

호국 장졸은 경업이 의주부윤으로 내려옴을 듣고 놀라지 않는 이 없으니 이는 경업이 가달을 쳐 항복받으며 위엄이 삼국에 진동하고 용맹이 출범한 까닭이라 혼비백산하여 군을 거두어 달아났다.

경업이 도임한 후로 군정을 살피고 사졸(士卒)들을 연습하였다.

호장이 가다가 도로 와 경업의 허실을 알고자 하여 압록강에 와 엿보았다. 경업이 대로하여 토병(土兵: 그 땅에 사는 사람 중에 뽑은 군사)을 호령하여 일진을 엄살(掩殺: 별안간 습격하여 죽임)하고,

"되놈을 잡아들이라."

하고 명하니 군사가 되놈을 결박하여 들이자 경업이 대질하여 말하기를,

"내 연전에 너희 나라에 가 가달을 쳐 파하고 호국 사직을 보전하였으니 그 은덕을 마땅히 만세 불망할 것이거늘, 도리어 천조를 배반하고 아국을 침범코자 하니 너희 같은 무리를 죽여 분을 씻을 것이로되 십분 용서하여 돌려보내니 빨리 돌아가 본토를 지키고 다시 외람된 뜻을 내지 말라."

하고 끌어내쳤다.

되놈이 쥐 숨듯 돌아가 제 대장과 군졸을 보고 자초지종을 이르니 장졸들이 대로하여 말하였다.

"임경업이 공교한 말로 아국을 능욕하여 군심을 혹케 하니 맹세코 경업을 죽여 오늘날 한을 씻으리라."

병마 중 정예(精銳)한 군사를 뽑아 칠천을 거느려 압록강에 이르러 강을 사이에 두고 진세를 베풀고 외치기를,

"조선국 의주부윤 임경업 필부는 어찌 간사한 말로 나의 군심을 요동케 하느뇨. 너의 재주 있거든 나의 철퇴를 대적하고 아니면 항복하여 죽기를 면

하라."

하였다.

경업이 대로하여 급히 배를 타고 물을 건너 말에 올라 청룡검을 비껴들고 호진(胡陣)에 달려들어 무인지경(無人之境)같이 좌충우돌하니 적장의 머리가 추풍낙엽같이 떨어졌다.

적장이 대적하지 못하여 급히 달아나니 서로 짓밟히며 물에 빠져 죽은 자가 수를 셀 수 없었다.

경업이 필마단창(匹馬單槍:한 필의 말과 한 자루의 창)으로 적진을 파하고 본진으로 돌아와 승전고를 울리며 군사를 호궤하니 군졸이 일시에 하례하며 즐기는 소리가 진동하였다.

다음날 평명(平明:아침 해가 밝아 올 무렵)에 강변에 가 바라보니 적군의 주검이 뫼같이 쌓이고 피가 흘러 내가 되었다.

다시 적병이 돌아가 호왕에게 패한 연유를 고하니 호왕이 듣고 대로하여 다시 기병하여 원수 갚음을 의논하였다.

경업이 관중에 들어와 승전한 연유를 장계하니

상이 보고 크게 기꺼워하였지만 후일을 염려하나, 조신들은 안연부동(晏然不動: 걱정 없이 편안하여 움직이지 않음)하여 국사를 근심하는 이 없으니 가장 한심하였다.

이때 호왕이 경업에게 패한 후로 분기를 참지 못하여 다시 제장을 모아 의논하며 말하기를,

"예서 의주가 길이 얼마나 하뇨."

좌우에서 대답하기를,

"열하루 길이니 한편은 강 수풀이요, 압록강을 격하였으니 월강하여 마군으로 대적한즉 수만 군졸이 둔취(屯聚: 여러 사람이 한 곳에 모임)할 곳이 없고, 또한 군사가 패한즉 한갓 죽을 따름이니 기이한 계교를 내어 경업을 멀리 파한 후에 군사를 나아감이 좋을까 하나이다."

호왕이 옳이 여겨 용골대(龍骨大)로 선봉을 삼고 말하였다.

"너는 수만 군을 거느려 가만히 황하수(黃河水)를 건너 동해로 돌아 주야로 배도(倍道: 이틀에 갈 길을 하루에 걸음)하여 가면 조선

이 미처 기병치 못할 것이요, 의주서 알지 못하니 왕도(王道)를 엄습하면 어찌 항복받기를 근심하며, 대사를 성공하면 경업을 사로잡지 못하리오?"

용골대가 청령(聽令:명령을 주의 깊게 들음)하고 군마를 조발(早發:아침 일찍 출발함)하며 호왕에게 하직하니 호왕이 말하였다.

"그대 이번에 가면 반드시 조선을 항복받아 나의 위엄을 빛내고 대공을 세워 수이 반사(班師:군사를 이끌고 돌아옴)함을 바라노라."

용골대가 명을 받들어 배를 타고 길을 떠났다.

경업이 호병을 파한 후에 사졸을 조련하여 후일을 방비하였지만, 조정에서는 호병을 파한 후에 의기양양하여 태평가를 부르고 대비함이 없더니 국운이 불행하여 불의지변(不意之變)을 당하였다.

철갑 입은 오랑캐들이 동대문으로 물밀듯이 들어와 백성을 살해하고 성중을 노략하니 도성 만민이 물 끓듯 곡성이 진동하며 부자 형제 부모 노소, 서로 정신을 잃고 살기를 도모하니 그 형상이 참혹하였다.

이런 망극한 때를 당하여 조정에 막을 사람이 없

고 종사의 위태함이 경각 사이에 있었다.

상이 망극하여 시위 조신 예닐곱 명을 데리고 남한산성(南漢山城)으로 피난하는데 급히 강변에 이르러 배를 탈 때, 백성들이 뱃전을 잡고 통곡하며 물에 빠져 죽는 자가 무수하니 그 형상은 차마 보지 못할 일이었다.

왕대비와 세자 대군 삼형제는 강화로 가고, 남은 백성은 호적에게 어육이 되었다. 도원수 김자점은 이런 난세를 당하여도 한 계교를 베풀지 못하였다.

호군이 강화로 들어갔는데 강화유수 김경징(金慶徵)은 좋은 군기를 고중에 넣어 두고 술만 먹고 누웠으니, 도적이 스스로 들어가 왕대비(王大妃)와 세자 대군을 잡아다가 송파(松坡) 벌에 유진(留陣:군사를 머물게 함)하고 세자 대군을 구류하여 외쳐 말하기를,

"수이 항복하지 아니하면 왕대비와 세자 대군이 무사치 못하리라."

하는 소리가 천지에 진동하였다.

이때 상이 모든 대신과 군졸을 거느리고 외로운 성에 겹겹이 싸여 눈물이 비 오듯 하였다.

김자점은 도적을 물리칠 계교가 없어 태연 부동

하던 차에, 도적의 북소리에 놀라 진을 잃고 군사를 무수히 죽이고 산성 밖에 결진하니 군량은 탕진하여 사세가 위급한데 도적이 외쳐 말하기를,

"끝내 항복을 아니하면 우리는 여기서 과동하여 여름 지어 먹고 있다가 항복을 받고 가려니와, 너희 무엇을 먹고 살려 하는가. 수이 나와 항복하라."

하고 한(汗)이 봉에 올라 산성을 굽어보며 외치는 소리가 진동하였다.

상이 듣고 앙천통곡하여 말하기를,

"안에는 양장이 없고 밖에는 강적이 있으니 외로운 산성을 어찌 보전하며, 또한 양식이 진하였으니 이는 하늘이 과인을 망케 하심이라."

하고 대신으로 더불어 항복함을 의논하니 제신이 아뢰기를,

"왕대비와 세자 대군이 다 호진중에 계시니 국가에 이런 망극한 일이 어디 있사오리까. 빨리 항복하여 왕대비와 세자 대군을 구하시며 종사를 보전하심이 마땅할까 하나이다."

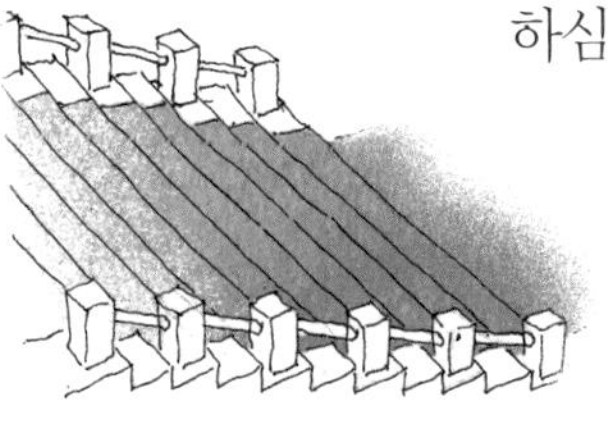

하니 한 사람이 출반하여 아뢰기를,

"옛말에 일렀으되 영위

계구언정 물위우후(寧爲鷄口 勿爲牛後: 닭의 입이 될지언정 소의 꼬리가 되지 않는다는 뜻으로, 작은 집단의 우두머리가 낫다는 말)라 하였사오니 어찌 이적에게 무릎을 꿇어 욕을 당하리이까. 죽기를 무릅써 성을 지키면 임경업이 이 소식을 듣고 마땅히 달려와 호적을 파하고 적장을 항복받은 후 성상이 자연히 욕을 면하시리이다."

하거늘 상이 말하기를,

"길이 막혀 인적을 통치 못하니 경업이 어찌 알리오. 목전 사세 여차하니 아무리 생각하여도 항복할밖에 다른 묘책이 없으니 경들은 다시 말 말라."

하시고 앙천통곡하니 산천초목이 다 슬퍼하였다.

병자 십이월 이십일에 상이 항서(降書)를 닦아 보내니 그 망극함을 어찌 측량하리오.

용골대가 송파강에 결진하고 승전고를 울리며 교만이 자심하였다. 승전비를 세워 비양하며 왕대비와 중궁은 보내고 세자 대군은 잡아 북경(北京)으로 가려 하였다.

상이 경성에 올라와 각 도에 강화한 유지를 내려왔다. 이때 임경업은 의주에 있어 이런 변란을 전혀 모르고 군사만 연습하다가 천만 뜻밖에 유지(諭

旨:임금이 신하에게 내리는 글)
를 받아 본즉, 용골대가 황
해수를 건너 함경도로 들
어오며 봉화 지킨 군
사를 죽이고 임의로
봉화를 들어 나와
도성이 불의지변을 당하였다는 것이었다.

경업이 통곡하여 말하기를,

"내 충성을 다하여 나라 은혜를 갚고자 하더니 어찌 이런 망극한 일이 있을 줄 알리오."

하고 군사를 정제하여 호병이 오기를 기다렸다.

호장이 조선 국왕의 항서와 세자 대군을 볼모로 잡아갈 때 세자 대군이 내전에 들어가 하직하니 중전(中殿)이 세자 대군의 손을 잡고 눈물을 흘려 서로 떠나지 못하였다.

상이 세자 대군을 나오라 하여 눈물을 흘리며 말하기를,

"과인의 박덕함을 하늘이 밉게 여기사 이 지경을 당하게 되니 누를 원망하며 누를 한하리오. 너희는 만리타국에 몸을 보호하여 잘 가 있어라."

하며 손을 차마 놓지 못하니 대군이 감루 오열하

여 아뢰기를,

"전하, 슬퍼하심이 무익하시며 신 등이 또한 무죄히 가오니 설마 어이하리까. 복원 전하는 만수무강하소서."

상이 슬퍼하여 마지아니하고 학사 이영(李影)을 불러 말하기를,

"경의 충성을 아나니 세자 대군과 한가지로 보호하여 잘 다녀오라."

하니 세자 대군은 천안을 하직하고 나오며 망극함이 비할 데 없었다. 한 걸음에 세 번이나 엎더지며 눈물이 진하여 피가 되니 그 경상은 차마 못 볼 일이었다.

내전에 들어가니 대비와 중전이 방성대곡하여 말하기를,

"너희를 하루만 못 보아도 삼추 같더니 이제 만리타국에 보내고 그리워 어찌하며, 하일 하시에 생환 고국하여 모자 조선이 즐기리오."

하고 통곡하니 좌우 시녀 또한 일시에 비읍하였다.

대군이 아뢰기를,

"명천이 무심치 아니하시니 수이 돌아와 부모를 뵈오리니, 복원 낭랑은 만수무강하시고 불효자들을 생각지 마소서."

하였다. 이렇게 하직하고 궐문을 나서니 장안 백성들이 또한 울며 따라와 길이 막히고 곡성이 처량한데 일월이 무광하여 슬픔을 더하였다.

용골대가 세자 대군을 앞세우고 모화관(慕華館)으로부터 홍제원(弘濟院)을 지나 고양(高陽), 파주(坡州), 임진강(臨津江)을 건너니 강수가 느끼는 듯하였다.

개성부(開城府) 청석(靑石) 고개에 이르니 산세가 험준하였다. 봉산(鳳山) 동선령(洞仙嶺)에 다다르니 수목이 총집한데 영상에 동선관(洞仙館)을 지어 관액을 삼아 있고, 황주(黃州) 월파루(月坡樓)를 지나 평양(平壤)에 이르니 이곳은 해동 제일의 강산이다.

대동 일면에 대동강(大洞江)이 띠 두른 듯하고 이십 리 장림(長林)에 춘색이 가려한데, 부벽루(浮碧樓)와 연광정(鍊光亭)은 강수에 임하였으니 촉처감창(觸處感愴:닥치는 곳마다 감모(感慕)하는 마음이 움직여 슬픔)이다. 세자 대군이 군친을 사모하고 타국을 향하는 심사가 가장 슬펐다.

이때는 정축 3월이었다. 열읍을 지나 의주 지경에 이르렀다.

이때 임경업이 밤이면 잠을 이루지 못하고 낮이면 높은 데 올라 호적이 오기를 기다렸다.

문득 바라보니 호병이 승전고를 울리며 세자 대군을 앞세우고 의기양양하여 나아오기에 경업이 분기 대발하여 절치부심(切齒腐心:몹시 분하여 이를 갈고 속을 썩임)하며 소리쳐 말하기를,

"이 도적을 편갑(片甲:갑옷 조각. 싸움에 진 군사)도 돌려보내지 말고 무찌르리라."

하여 갑주(甲冑)하고 말에 올라 큰 칼 들고 나가며 중군에 분부하여,

"군사를 거느려 뒤를 따르라."

하였다.

호장이 정제히 나아왔다. 경업이 노기충천하여 맞아 내달아 칼을 드는 곳에 호장의 머리를 베어 내리치고 진중을 짓쳐들어가 좌충우돌하여 호병을 베기

를 무인지경같이 하니, 호병이 황겁하여 각각 헤어져 목숨을 도모하여 달아나고 남은 군사는 어찌 할 줄 몰라 죽는 자가 무수하였다.

호장이 상혼낙담(喪魂落膽)하여 십 리를 물러 진을 치고 패잔군을 모아 의논하여 말하기를,

"경업이 용맹하니 장차 어찌하리오."

하더니 문득 생각하기를,

'경업은 충신이라. 이제 조선 왕의 항서와 전교한 공문을 내어 뵈면 반드시 귀순하리라.'

하고 진문에 나와 외쳐 말하기를,

"임 장군은 나아와 조선 왕의 전지(傳旨)를 받아 보라."

경업이 의아하여 크게 꾸짖어 말하기를,

"네 감히 나를 속이려 하느냐."

용골대가 군사로 하여금 문서를 전하니 경업이 문서를 받아 보고 앙천 탄식하였다.

"너의 국왕이 항복하고 세자 대군을 볼모로 잡아가거늘 네 어찌 감히 왕명을 항거하여 역신이 되고자 하느뇨."

하고 만단개유하였는데, 경업이 하교를 보고는 하릴없어 환도(環刀)를 집에 꽂고 호진에 통하여 들

어가 세자 대군을 뵈옵고 실성통곡하였다.

세자 대군이 경업의 손을 잡고 눈물을 흘리며 말하기를,

"국운이 불행하여 이 지경에 이르렀거니와 바라건대 장군은 진심하여 우리들을 구하여 다시 부왕을 뵈옵게 하라."

경업이 말하기를,

"신이 이 기미를 알았으면 몸이 전장에 죽사온들 이런 망극하온 일을 당하리이까. 신의 몸이 만번 죽사와도 아깝지 아니하오니 엎드려 바라옵건대 전하는 슬픔을 관억(寬抑:관대하게 억제함)하시고 행차하시면 신이 진충갈력(盡忠竭力:충성을 다하고 힘을 다 바침)하여 호국을 멸하고 돌아오시게 하오리다."

세자 대군이 말하기를,

"우리 목숨이 장군에게 달렸으니 병자년 원수를 갚고 오늘 말을 잊지 말자."

경업이 말하기를,

"신이 비록 무재하오나 명대로 하오리이다."

하고 하직하며 경업이 용골대에게 말하기를,

"내 감히 군명을 항거치 못하여 너를 살려 보내

거니와 세자 대군을 수이 돌아오시게 하되 만일 무슨 일이 있으면 너희를 무찌르리라."

용골대가 본국에 돌아가 조선에 항복받던 일과 세자 대군 볼모 잡은 말과 의주에 와서 임경업에게 패한 연유를 고하니 호왕이 대로하여 말하기를,

"제 어찌 대국 군사를 살해하리오."

하고 깊이 한하였다.

제국을 항복받고 남경(南京)을 통일코자 하여 먼저 피섬을 치려할 때 경업을 죽이고자 하여 조선에 청병하는 글월을 보내기를,

'이제 먼저 피섬을 치고 남경을 통합코자 하나 남경 군사가 용맹한지라, 임경업의 지용을 보았으니 경업으로 대장을 삼고 정예한 군사 삼천과 철기를 빌리면 대국 군마와 통합하여 피섬을 치고자 하니 빨리 거행하라.'

하니 상이 패문을 보고 탄식하여 말하기를,

"병화를 갓 지내고 이렇듯 보채임을 보니 백성이 어찌 안돈하리오."

하고,

"조정에 의논하라."

하였다.

김자점(金自點)이 아뢰기를,

"사세 여차하오니 시행 아니치 못하리이다."

상이 즉시 철기 삼천을 별택하시고 의주부윤 임경업으로 대장을 삼아 호국에 보내며 경업을 인견하여 말하기를,

"경은 북경(北京)에 들어가 사세를 보아 주선하여 세자 대군을 구하라."

하였다.

경업이 복부 수명하고 북경으로 향하니 자점이 생각하기를,

'경업이 이번 가면 다시 돌아오지 못하리라.'

하여 마음에 못내 기꺼하여 기탄할 바 없이 백사를 총찰하니 조정이 아연 실망하였다.

경업이 분함을 참고 군마를 거느리고 호진에 이르니 호왕이 말하기를,

"장군으로 더불어 합병하여 피섬을 치고 인하여 남경을 치고자 하는 고로 특별히 장군을 청한 바이니 장군은 모로미 사양치 말고 진심하라."

하고 군사를 발하여 보내려 하니 경업이 어쩔 수

없이 탄식하고 가려 하였다.

이때 피섬을 지킨 장수는 황자명(皇子明)이었다. 경업이 전일을 생각하며 진퇴유곡이라 재삼 생각하다가 한 계교를 얻고 즉시 격서를 만들어 피섬에 전하기를,

'조선국 임경업은 글월을 닦아 황노야(皇老爺) 휘하에 올리나니 별후 소식이 격절하매 주야 사모함이 측량없사오니, 소장은 국운이 불행하와 의외 호란을 만나 사세 위급하매 아직 항복하여 후일을 기다리더니, 이제 호왕이 피섬을 치고 삼국을 침범코자 하여 소장을 우리 국왕께 청하였으므로 이곳에 왔사오나 사세 난처하와 먼저 통하나니, 복망 노야는 아직 굴하여 거짓 항복하고 추후 소장과 협력하여 호국을 쳐 멸하여 원수를 갚고자 하나니 노야는 익히 생각하소서.'

황자명이 격서를 보고 일변 기꺼하며 일변 놀라 즉시 답서를 닦아 보내기를,

'천만 의외 친필을 보고 못내 기쁘며, 기별한 말을 그대로 하려니와 어느 때 만나 대사를 의논하리오. 대저 장군은 삼가고 비밀히 주선하여 성공함을 바라노라.'

경업이 자명의 답서를 보고 탄식함을 마지아니하였다. 다음날 행군하여 나아가 금고를 울리고 진을 굳이 차며 말에 올라 왼손에 청룡검을 잡고 오른손에 죽절 강철을 잡아 내달으며 크게 꾸짖어 말하기를,

"너희가 조선국 대장군 임경업을 모르느냐. 너희 어찌 나와 승부를 다투고자 하느냐. 일찍 항복하여 살기를 도모하라."

하니 대명 장졸이 이왕 경업의 이름을 알았다. 스스로 낙담상혼하여 한 번도 싸우지 아니하고 성문을 열어 항복하였다. 경업이 성내에 들어가 황자명을 보고 크게 반기며 진두에서 서로 말하고 돌아왔다.

그날 밤에 경업이 자명의 진에 이르러 서로 술 먹으면서 병자년 원수를 이르며 분기를 참지 못하여 말하기를,

"우리 양국이 동심 합력하여……."

호국을 치기로 언약하였다.

본진에 돌아와 피섬 항복받은 문서를 호장에게 주어 보내고 군사를 거느려 바로 조선에 돌아와 입궐 복병하여 피섬 항복받은 사연을 아뢰니 상이 칭찬하시고 호위대장을 겸찰케 하였다.

이때 호장이 돌아가 호왕을 보고 피섬 항복받은 문장을 올리고 말하기를,

"경업이 처음 한가지로 남경을 치자 하더니 진전에 임하여 아조 군사를 무수히 죽이고 도리어 제가 선봉이 되어 성하에 이르러 한 번 호령하매 피섬 지킨 장수와 황자명(皇子明)이 싸우지 아니하고 문득 기를 눕히고 항복한 후에, 피섬에 들어가 말하고 나와 군사를 바로 조선으로 가는 일이 괴이하고 황자명의 용맹으로 한 번도 접전치 아니하고 문득 투항하니 그 일이 가장 수상하더이다."

하니 호왕이 또한 의심하여 출전 갔던 장수를 불러 물으니 대답하여 말하기를,

"경업이 출전하여 용병을 강잉(强仍: 마지못하여 그대로)하니 이는 무슨 흉계 있더이다."

하였다.

호왕이 듣고 대로하여 급히 사자를 조선에 보내어 말하기를,

"경업이 피섬을 쳐 항복받음이 분명치 아니하고, 또한 명을 받지 아니하고 스스로 돌아갔으니 문죄코자 하매 이제 급히 잡아 보내라."

하였거늘 상이 듣고 대경하여 조정을 모아 의논하여 말하기를,

"경업은 과인의 수족이다. 이제 만리타국에 잡혀 보냄이 차마 못할 바요. 사자를 그저 돌려보내면 후환이 될 터이니 경들은 무슨 묘책이 있느뇨."

자점(自點)이 곁에 있다가 생각하되,

'경업을 두면 후환이 되리라.'

하고 아뢰기를,

"이제 경업이 피섬을 항복받았사오나 명을 기다리지 아니하고 스스로 돌아왔으니 그 죄 적지 아니하오나 문죄코자 함이 고이치 아니하나니 잡아 보냄이 마땅할까 하나이다."

상이 듣고 마지못하여 경업을 패초(牌招: 승지를 시

켜 왕명으로 부름)하사 위로하여 말하기를,

"경의 충성은 일국이 아는 바다. 타국에 가 수고하고 왔거늘, 또 호국 사신이 와 데려가려 하니 과인의 마음이 슬프고 결연하나 마지못하여 보내나니 부디 좋이 다녀오라."

하니 경업이 생각하기를,

'내 이제 가면 필연 죽을 것이요, 내 죽으면 병자년 원수를 뉘가 갚으리오.'

하며 슬퍼하였다.

왕명을 봉승하여 집에 돌아와 모친을 뵙고 그 사연을 고하니 모친이 대경하여 말하기를,

"네 일찍 입신함을 즐겨 오늘날 이 지경을 당하니 어찌 망극치 아니하리오."

하니 경업이 위로하며 하직하고 부인과 다섯 아들을 불러 이르기를,

"나는 몸을 국가에 처하여 부모를 봉양치 못하다가 이제 만리타국에 들어가매 사생을 모를 것이다. 모친께 봉양함을 극진히 하여 내가 있을 때와 같이 하라."

하고 통곡 이별한 후에 궐내에 들

어가 하직 숙배하니 상이 탄식하여 말하기를,

"경이 만리타국에 가니 이는 하늘이 나를 망케 하심이니 장차 어찌하리오."

경업이 아뢰기를,

"신이 호국을 멸하고 세자와 대군을 모셔 올까 주야로 원이옵더니 이제 도리어 잡혀가오니 일후사(日後事)를 예탁치 못하오매 가장 망극하도소이다."

상이 기특히 여기어 잔을 잡아 위로하니 경업이 쌍수로 어주를 받아먹고 하직하고 나오니 이때는 무인년 2월이었다.

경업이 사신과 한가지로 발행하여 여러 날 만에 평안도 의주 압록강에 다다라 탄식하여 말하기를,

"남자가 세상에 처하여 마음을 펴지 못하고 어찌 남의 손에 죽으리오."

이날 밤 사경에 단검을 품고 도망하여, 낮이면 산중에 숨고 밤이면 행하여 충청도 속리산에 이르니 층암절벽(層巖絕壁)에 한 암자가 있었다.

속객이 없고 중 서넛이 있어 경업을 보고 괴이히

여기니 경업이 말하기를,

"나는 난시를 당하여 부모처자를 다 잃고 마음을 둘 데 없어 중이 되고자 하여 왔나니 원컨대 선사는 머리를 깎아 달라."

하니 중들이 괴이히 여겨 삭발하는 자가 없었다.

경업이 간절히 청한대 그제야 독보(獨步)라 하는 중이 삭발하여 주었다. 경업이 중이 되어 낮에는 산중에 들고 밤이면 절에 머물러 종적을 감추매 독보가 그 연고를 물으니 경업이 말하기를,

"서로 묻지 말고 전하지 말라. 자연 알 때가 있으리라."

하였다.

이때 호국 사자가 경업을 잃고 아무리 찾으려 해도 어찌 종적을 알겠는가. 하릴없이 돌아가 호왕에게 이 사연을 고하니 호왕이 대로하여,

"부디 경업을 잡아라."

하더라.

이럭저럭 세월이 흐르는 물과 같아 경업이 남경으로 들어갈 뜻을 두어 전선을 만들어 가지고 용산 마포 주인을 잘 사귀어 이르기를,

"소승은 충청도 보은 속리산 절 시주하는 회주이

러니 연안 백천 땅에 시주한 쌀 오백 석이오니 큰 배 한 척을 얻고 격군 삼십 명을 얻어 주면 짐을 반만 주리라."

하니 주인이 이 말을 듣고 허락하였다.

경업이 절에 돌아와 독보를 달래어 짐을 지우고 경강(京江) 주인의 집으로 오니 선척과 격군을 준비하였다.

경업이 택일 행선할 때 황해도를 지나 평안도를 향하는데 격군들이 말하기를,

"우리를 속여 어디로 가려 하느뇨."

경업이 그제야 짐을 풀어 갑주를 내어 입고 칼을 들고 선두에 나서며 호령하여 말하기를,

"조선국 대장군 임경업을 모르느냐. 남경으로 들어가 내 소원이 있으니 아무 말도 말고 바삐 가자."

하니 격군들이 즐겨 아니하였다.

경업이 말하기를,

"세자와 대군을 모시러 가나니 너희 등은 내 영

대로 좇으라.”

하니 격군들이 황망히 응낙하여 말하기를,

“소인들이 부모와 처자들 모르게 왔사오니 그것이 사정에 절박하여이다.”

경업이 대로하여 말하기를,

“너희들이 내 명을 어긴다면 참하리라.”

하고 성화같이 행선하여 남경으로 향하니 격군들이 고향을 생각하고 슬퍼하는데 경업이 위로하여 말하기를,

“너희들이 나의 말을 좇으면 공이 적지 아니하리라.”

일삭 만에 남경 지경에 당하여 큰 섬에 다다라 배를 대고 내리니 섬을 지키는 관원이 도적이라고 잡아 가두고 말하기를,

“이곳은 피난하는 해중형이니 황 노야께 보고하여 처분대로 하리라.”

하였다.

황자명이 보고를 듣고 경업이 왔을 줄 알고 기특히 여겨 즉시 청해다가 서로 반겼다.

찾아온 사연을 천자에게 주문하니 천자가 경업을 부르고 기꺼하여 말하기를,

"이별한 후 잊을 날이 없더니 금일이 무슨 날이관데 만나 보니 그 기쁨을 어찌 측량하며, 그 사이 세사가 번복하여 호국에 패한 바 되고 조선이 또 패했다 하니 어찌 불행치 않으리오."

하고 들어온 사연을 묻는지라.

경업이 아뢰기를,

"나라가 불행함은 소신의 불충이로소이다."

전후수말을 아뢰니 황제가 말하기를,

"그대의 충성은 만고에 드무니라."

하고,

"황자명과 의논하여 호국을 멸하여 양국 원수를 갚으리라."

하시고 안무사(按撫使)를 배하였다. 경업이 사은하고 황자명과 의논하여 호국을 치려 하였다.

이때 호국이 점점 강성하여 남경을 침노하니 천자가 황자명으로 명을 발하여 치라 하니 자명이 경업과 의논하여 말하기를,

"이 땅은 중지라. 경이 떠나지 말고 내 기별대로 하라."

하고 행군하였다.

경업이 데려온 독보란 중이 피섬에서 흥리하는

오랑캐를 사귀어 이르기를,

"우리 장군 임경업이 남경에 들어와 군을 거느려 북경을 쳐서 병자년 원수를 갚으려 하나니 너희가 경업을 잡으려 하거든 내게 천 금을 주면 잡아 주리라."

하는지라. 호인이 급히 돌아가 호왕에게 고하니 호왕이 대경하여 천 금을 주며 말하기를,

"성사하거든 천 금을 더 주리라."

그놈이 받아 가지고 돌아와 독보를 주고 호왕의 말을 전하니 독보가 천 금을 받고 꾀를 내어 한 군사를 사귀어 금을 주고 자명의 편지를 위조하여,

"임 장군께 드리라."

하니 군사 놈이 금을 받고 봉서를 가져다가 장군에게 드려 경업이 떼어 보니 적혀 있기를,

'도적의 형세가 급하여 살을 맞고 패하였으니 장군은 급히 와서 구하라.'

하였다. 경업이 의혹하여 점복하여 보니 자명이 무사하고 승전할 패라, 그 군사 놈을 잡아들여 장

문하니 그놈이 아픔을 견디지 못하여 독보에게 미루었다. 경업이 독보를 잡아들여 죄상을 묻고,

"내어 베라."

하니 본국 사람들이 독보의 죄상을 모르고 달려들어 붙들고 슬피 울었다. 경업이 관후한 마음에 죽이지 아니하고 놓아 주었다.

십여 일 후에 독보가 또 편지를 만들어 군사로 하여금 임 장군에게 드리니 그 글에 이르기를,

'향자 회답이 없으니 어인 일이며 지금 위급하였으니 바삐 오라.'

경업이 의심을 아니하고 제장을 명하여 채를 지키고 독보와 함께 행선하여 만경창파(萬頃蒼波)로 내려갈 때 독보가 가만히 호인에게 통하였다.

경업이 배를 재촉하여 가다가 바라보니 뜸을 덮은 선천이 무수히 내려왔다. 경업이 의심하여 묻기

를,

"오는 배 무슨 배뇨."

독보가 말하기를,

"상고선(商賈扇)인가 하나이다."

하고,

"배를 상고선 사이로 매라."

하였라.

이날 밤 삼경 즈음에 문득 함성이 대진하여 경업이 놀라 잠을 깨어 보니 무수한 호선(胡船)이 에워싸고 사면으로 크게 외치기를,

"자욱을 기다린 지 오랜지라. 바삐 항복하여 죽기를 면하라."

경업이 대로하여 독보를 찾으니 이미 간데없었다. 불승분노하여 망지소조(罔知所措)라.

호병이 철통같이 싸고,

"잡아라!"

하는 소리가 진동하니, 경업이 대로하여 용력을 다하여 대적코자 하나 망망대해에 다만 단검으로 무수한 호병을 어찌 대적하겠는가. 전선에 뛰어올라 좌우충돌하여 호병을 무수히 죽이고 피코자 하는데 기력이 점점 시진하니 아무리 용맹한들 천수

(天數)를 어찌 도망하겠는가.

마침내 호인에게 잡힌 몸이 되어 호병이 배를 재촉하여 북경 지경에 다다르니, 호왕이 대희하여 삼십 리에 창검을 벌려 세우고 경업을 잡아들여 꾸짖었다. 경업이 조금도 겁내지 않고 도리어 크게 꾸짖어 말하기를,

"무도한 오랑캐 놈아. 내 비록 잡혀왔으나 너희들 보기를 초개같이 아나니 죽이려 하거든 더디지 말라."

하니 호왕이 크게 노하여 말하기를,

"병자년에 네 나라를 항복받고 돌아왔거늘 네 어찌 내 군사를 죽이며, 네 청병으로 왔을 제 내 군사를 해하였기로 문죄코자 하여 사자로 잡아 오거늘 네 도망하여 남경에 들어감은 무슨 뜻이뇨."

경업이 소리 질러 말하기를,

"내가 나라를 위하여 원수를 갚고자 하거늘 너의 간계로 우리 임금을 겁박하고 세자와 대군을 잡아가니 그 분통함을 어찌 참으리오. 이런 까닭으로 네 장졸을 다 죽이려 하다가 왕명으로 인하여 용서하였거늘, 네 갈수록 교만하여 피섬을 치려할 제 네게 부린 바가 되니 왕명이 지중하기로 마지못하

여 왔으나 네 군사를 남기지 아니하려 하다가 십분 참고 그저 돌아왔거늘 네 어찌 몹쓸 마음을 먹어 나를 해하려 하기로, 잡혀 오다가 중로에서 도망하여 남경으로 들어가 동심하여 북경을 쳐 네 머리를 베어 종묘에 제하고 세자와 대군을 모셔 오려 하더니 이는 하늘과 땅이 나를 버리심이라 어찌 죽기를 아끼리오. 속히 죽여 나의 충의를 나타내라."

하니 호왕이 크게 노하여 말하기를,

"네 명이 내게 달렸거늘 종시 굴치 아니하느냐. 네가 항복하면 왕을 봉하리라."

경업이 말하기를,

"병자년에 우리 주상이 종사를 위하여 네게 항복하여 계시거니와 내 어찌 목숨을 위하여 너에게 항복하리오."

호왕이 대로하여 무사를 명하여,

"내어 베라."

경업이 크게 꾸짖어 말하기를,

"내 명은 하늘에 있거니와 네 머리는 십보지내(十步之內)에 있느니라."

하고 안색을 불변하여 무사를 보고,

"바삐 죽이라."

하였다. 호왕이 경업의 강직함을 보고 탄복하여 맨 것을 끄르고 손을 이끌어 올려 앉히고 말하기를,

"장군이 내게는 역신이나 조선에는 충신이라. 내 어찌 충절을 해하리오. 장군의 원대로 즉시 세자와 대군을 놓았다."

하니 세자와 대군이 기꺼하여 궁문 밖에 나와 기다렸다. 경업이 나와 울며 절하니 세자와 대군이 경업의 손을 잡고 한가지로 들어와 호왕을 보니 호왕이 말하기를,

"경들을 임경업이 불고생사하고 구하여 돌아가려 하기로 내 경업의 충절을 감동하여 경들을 보내나니 각각 원대로 이르면 내 정을 표하리라."

하니 세자는 금은(金銀)을 구하고 대군은 조선에서 잡혀온 인물(人物)을 청하여 수이 돌아감을 원하니 호왕이,

"각각 원대로 하라."

하고 대군을 기특히 여기더라.

경업이 세자와 대군을 모셔 나와 하직하니 세자와 대군이 울며 말하기를,

"장군의 대덕으로 고국에 돌아가거니와 장군을 두고 가니 가는 길이 어두운지라. 어찌 슬프지 아니하리오. 바라건대 장군은 수이 돌아옴을 도모하라."

하니 경업이 대답하여 말하기를,

"하늘이 도우사 세자와 대군이 본국에 돌아가시니 불승만행이오나 모시고 가지 못하오니 그 창연하옴을 어찌 측량하리이까."

세자가 말하기를,

"장군과 동행치 못하니 결연함이 비할 데 없는지라. 중로에서 기다릴 것이니 속히 돌아올 도리를 주선하라."

경업이 탄식하여 말하기를,

"바라건대 지체하지 마시고 바삐 가시면 신도 불구에 돌아갈 것이니 염려 마소서."

세자와 대군이 경업을 이별하여 발행하고 백두산

(白頭山) 아래 이르러 조선을 바라보니 눈물을 흘리며 탄식하여 말하기를,

"임 장군이 아니었던들 우리 어찌 고국에 돌아오리오. 슬프다, 임 장군은 우리를 위하여 만리타국에 죽기를 돌아보지 아니하고 우리를 돌려보내되 장군은 돌아오지 못하니 어찌 슬프지 아니하리오. 명천이 도우사 수이 돌아오게 하소서."

하는 것이었다.

한편 황자명(皇子明)이 서로 진을 지키고 싸워 승부를 가리지 못하더니 경업이 북경에 잡혀갔다는 말을 듣고 크게 놀라 말하기를,

"어찌 하늘이 대명(大明)을 이다지 망케 하는고."

하며 탄식함을 마지아니하였다.

이때 호왕이 경업을 머물게 하고 미색과 풍악을 주어 마음을 즐겁게 하고 상빈례로 대접해도 조금도 마음을 변치 아니하고 호왕에게 이르기를,

"내 이리 된 것이 다 독보의 흉계니 독보를 죽여 한을 풀리라."

하니 호왕이 또한 독보를 불측히 여겨,

"잡아들여 죽이라."

하였다.

한편 세자와 대군이 돌아오는 패문이 들어오니 상이 듣고 도승지를 보내어,

"무슨 사연인지 먼저 계달(啓達)하라."

하였다. 세자와 대군이 모든 백성을 거느려 임진강(臨津江)을 건널 때 사관과 승지가 마주 와 현알하여 반기며 전교를 전하기를,

"어찌하여 돌아오며 북경에서 무엇을 가져오는가 자세히 알아 먼저 계달하라 하시더이다."

하니 세자와 대군이 승지를 보고 슬퍼하며 양전 문안을 한 뒤에 이르기를, 임 장군이 잡혀가다가 도망하여 남경에 들어가 황자명(皇子明)과 더불어 북경을 항복받고자 하던 사연과, 독보의 간계로 북경에 잡혀가 호왕과 힐란하던 일과, 임 장군의 덕으로 세자와 대군이 놓여 오는 곡절과, 세자와 대군의 구청하던 일과, 임 장군은 호왕이 즐겨 놓지 아니하는 곡절을 낱낱이 일렀다.

승지가 그대로 계달하니 상이 보고 불승 환희하

며 경업을 못내 칭찬하고, 세자의 구청함을 불평히 여겼다.

세자와 대군이 도성에 가까이 올 때 만조백관과 장안 백성들이 나와 맞아 반기며 임 장군의 충의를 칭송 않는 사람이 없었다.

세자와 대군이 급히 궐내에 들어가 대전에 뵈오니 상이 반기어 말하기를,

"너희들은 무사히 돌아왔거니와 경업은 언제나 오리오."

하고 탄식 비상하며 또 말하기를,

"세자는 무슨 탐욕으로 금은을 구하여 왔느냐."

하고 벼룻돌을 내쳐 치고 둘째 대군으로 세자를 봉하였다. 이때가 을유년이었다.

이즈음 호왕의 딸 숙모공주(淑慕公主)가 있으니 천하절색이라. 부마를 가리더니 호왕이 경업(慶業)을 유의하여 공주에게 일렀다.

공주가 상 보기를 잘하는지라 경업의 상을 보게 하여 내전으로 청하니, 경업이 부마에 뽑힐까 저어하여 목화(木靴) 속에 솜을 넣어 키 세 치를 돋우고 들어갔더니 공주가 엿보고 말하기를,

"들어오는 걸음은 사자 모양이요, 나가는 걸음은

범의 형용이니 짐짓 영웅이로되 다만 키가 세 치 더하니 애달프다."

하였다. 호왕이 마음에 서운하나 그와 방불한 자는 없는지라 이에 장군더러 말하기를,

"장군이 부마 되어 부귀를 누림이 어떠하뇨."

장군이 사례하여 말하기를,

"어찌 이런 말씀을 하시느뇨. 지극 황공하오며 하물며 조강지처 있사오니 존명을 받들지 못하리이다."

호왕이 재삼 권유하여도 경업이 죽기로써 좇지 아니하니 호왕이 결연해 하였다.

경업이 돌아감을 청하므로 호왕이 유예 미결하니 제신이 아뢰기를,

"절개 높고 충의 중한 사람을 두어 무익하고 보내도 해로움이 없사오니 의로써 보내면 조선 또한 의로써 섬길 것이니 보냄이 마땅하나이다."

호왕이 그 말을 따라 설연 관대하고 예물을 갖추어 보내며 의주까지 호송하였다.

이때 김자점의 위세가 조정에 진동하여 있던 때

라 경업이 돌아온다는 패문이 오니 자점이 생각하기를,

'경업이 돌아오면 나의 계교가 이루지 못하리라.'

하고 상에게 아뢰기를,

"경업은 반신이라, 황명을 거역하고 도망하여 남경에 들어가 우리 조선을 치고자 하다가 하늘이 무심치 아니하사 북경에 잡힌 바가 되어 제 계교를 이루지 못해 하릴없이 세자와 대군을 청하여 보내어 되쫓아 나오니 어찌 이런 대역(大逆)을 그저 두리이까."

상이 크게 놀라 말하기를,

"무슨 연고로 만고 충신을 해하려 하느냐! 경업이 비록 과인을 해롭게 하여도 아무라도 해치지 못하리라."

하시고 자점을 엄책하며,

"나가라."

하였다. 자점이 나와 동류(同類)와 의논하여 말하기를,

"경업이 의주 오거든 역적으로 잡아 오라."

하였다. 이때 경업이 데려갔던 격군과 호국 사신

을 데리고 의주에 이르니 사자가 와서 이르기를,

"장군이 반한다 하여 역률(逆律)로 잡아 오라 하신다."

하고 칼을 씌우며 재촉하는지라 의주 백성들이 울며 말하기를,

"우리 장군이 만리타국에서 이제야 돌아오거늘, 무슨 연고로 잡아가는고."

하니 경업이 말하기를,

"모든 백성은 나의 형상을 보고 놀라지 말라. 나는 무죄히 잡혀가노라."

하니 남녀노소 없이 아무 연고인 줄 모르고 슬퍼하였다. 경업이 샛별령에 다다라 전일을 생각하고 격군을 불러 말하기를,

"너희들이 부모처자를 이별하고 만리타국에 갔다가 무사히 회환하매 너희 은혜를 만분의 일이나 갚고자 하더니, 시운이 불행하여 죽게 되매 다시 보기 어려우니 너희들은 각각 돌아가 좋이 있으라."

격군 등이 울며 말하기를,

"아무 연고인 줄 모르거니와 장군의 충성이 하늘에 사무쳤으니 설마 어떠하리오. 과히 슬퍼 말으소서."

하며 차마 떠나지 못하였다. 경업이 삼각산(三角山)을 바라보고 슬퍼 말하기를,

"대장부가 세상에 처하여 평생지기를 이루지 못하고 애매히 죽게 되나 뉘라서 신원을 하여 주리오."

하고 통곡하니 산천초목이 위하여 슬퍼하였다.

경업의 오는 선문이 나라에 이르니 상이 기꺼하여 승지로 하여금 위유하여 말하기를,

"경이 무사히 돌아오매 기쁘고 다행하여 즉시 보고 싶되 원로 구치하여 왔으니 잘 쉬고 명일로 입시하라."

하니 승지가 자점을 두려워하여 하교를 전하지 못하였다. 경업이 생각하기를,

'나라가 친림하시면 내 죽어도 한이 없을 것이요, 세자와 대군이 나의 일을 알고 계신가 모르고 계신가.'

하여 주야 번민하여 목이 말라 물을 구하는데 옥졸이 주지 아니하니, 이는 자점의 흉계로 전옥 상

하 소속에게 분부한 까닭이었다.

경업이 형상을 보고 탄식하여 말하기를,

"옥졸들이 또한 밉게 여기니 이는 번번이 하늘이 나를 죽게 하심이니 누를 한하리오."

하였다. 다음날 상이 전좌하고 승전빗[承傳色] 환자를 보내어 경업을 부르니 그 환자가 또한 자점의 동류라 죽을 줄을 알아 주저하였다.

이때 마침 전옥 관원이 경업의 애매함을 불쌍히 여겨 경업에게 일러 말하기를,

"장군을 역적으로 잡아 전옥에 가둠이 다 자점의 모계니 그대는 잘 주선하여 누명을 벗게 하라."

하였다. 경업이 그제야 자점의 흉계인 줄 알고 불승 통한하여 바로 몸을 날려 입궐하더라.

주상을 뵈옵고 관을 벗고 청죄하니, 상이 경업을 보고 반기어 친히 붙들려 하다가 문득 청죄함을 보고 크게 놀라 말하기를,

"경이 만리타국에 갔다가 이제 돌아오매 반가운 마음을 진정치 못하나 원로 구치함을 아껴 금일이야 서로 보니 새로운 마음이 측량치 못하거든 청죄란 말이 무슨 일이뇨. 자세히 이르라."

"신이 무신년에 북경에 잡혀가다가 중간 도망한

죄는 만사무석이오나 대명과 동심하와 호국을 쳐 호왕을 베어 병자년 원수를 갚고 세자와 대군을 모셔오고자 하더니, 의주서부터 잡아 올리라 하고 목에 칼을 씌우고 올라오니 아무 연고인 줄 모르와 망극하옴을 이기지 못하옵더니, 오늘날 다시 천안을 뵈오니 이제 죽사와도 한이 없사옵니다."

상이 듣고 대경하여 조신에게,

"알아들이라."

하였다. 자점이 하릴없어 기망치 못하고 들어와 아뢰기를,

"경업이 역적이옵기로 잡아 가두어 품달(稟達)코자 하였나이다."

하거늘 경업이 큰소리로 크게 꾸짖어 말하기를,

"이 몹쓸 역적아, 네 벼슬이 높고 국록이 족하거늘 무엇이 부족하여 찬역할 마음을 두어 나를 해코자 하느뇨."

자점이 묵묵무언이라 상이 진노하여 말하기를,

"경업은 삼국에 유명한 장수요, 또한 천고 충신이라. 너희 놈이 무슨 뜻으로 죽이려 하느냐. 이는 반드시 부동을 꾀함이라."

하고,

"자점과 함께 참예한 자를 금부에 가두고 경업을 물리치라."

하였다. 자점이 일어나 나오다가 경업의 나옴을 보고 무사에게 분부하여,

"치라."

하니 무사들이 무수히 난타하여 거의 죽게 되자 전옥에 가두고 자점은 금부로 갔다.

좌의정 원두표와 우의정 이시백 등이 이런 변이 있을 줄 알고 참예치 아니하였는데 자점이 경업을 죽이려 하는 줄 짐작하고 경업의 일을 아뢰었다.

대군이 크게 놀라 말하기를,

"알지 못하였나니, 임 장군이 어제 입성하여 어디 있느뇨."

조신들이 대답하여 말하기를,

"신들도 그곳을 모르나이다."

대군이 입시하여 임 장군의 일을 묻자오니 상이 수말을 자세히 일렀다.

대군이 아뢰기를,

"충신을 모해하는 자는 역적이 분명하오니 국문하소서."

하고 장군의 하처(下處)로 나오려 하니 상이 말하기를,

"명일 서로 보라."

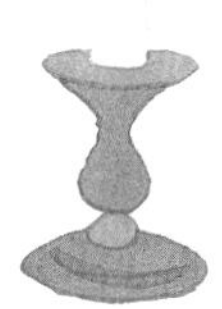

하시니 대군이 그 밤을 달아 고대하였다.

경업이 난장을 맞고 옥중에 갇혀 있다가 이날 밤 삼경에 졸하니 시년이 사십육 세요, 기축일 월 이십육 일이었다.

전옥 관원이 이 사연을 조정에 보고하니 자점이 말하기를,

"경업의 시신을 내어다가 제 하처에 두고, 기망한 말이 무수하며 죄 있을까 하여 자결한 일로 아뢰라."

하니 관원이 그대로 상달하였다.

세자와 대군이 경업의 영구에 나가고자 하여도 조정이 간하매 가지 못하고 더욱 슬퍼하여 말하기를,

"슬프다, 임 장군이여. 그리다가 다시 못 보고 속절없이 영결할 줄 어찌 알았으리오."

하고 상이 입던 용포와 금은을 후히 주고,

"왕례로 장사하라."

하고 세자와 대군이 비단 의복을 벗어,

"염습(殮襲)에 쓰라."

하고 서로 만나 보지 못한 정회를 글로 지어,

"관에 넣으라."

하였다.

이때 임 장군이 돌아온다는 소식이 고향에 미쳐 자손 친척들이 그 기별을 듣고 크게 기뻐하여 동생 삼형제와 아들 삼형제 등이 급히 경성에 이르렀는데 이미 죽은 뒤였다.

일행이 시체를 붙들고 천지를 부르짖어 통곡하니 행인도 낙루치 않을 이가 없었다.

상이 승지를 보내어 위문하고 대군이 친히 나아

가 조문하며 예관(禮官)을 보내어,

"삼 년 제사를 받들라."

하였다.

자점이 경업을 모함한 죄로 제주에 안치하고 동류들은 삼수, 갑산, 진도, 거제, 흑산도, 금갑도에 정배하였다. 자점이 반심을 품은 지 오래다가 절도에 안치하니 더욱 앙앙하여 불의지심이 나타났다.

우의정 이시백이 자점의 소위를 상달하니, 상이 대경하여 금부도사를 보내 잡아다가 엄형 국문 후에 가두었다. 이날 밤에 일몽을 얻으니 경업이 나아와 아뢰기를,

"흉적 자점이 소신을 박살하고 찬역할 꾀를 품어, 일이 되어 가노니 바삐 죽이소서."

하고 울며 가는데 놀라 깨어나니 경업이 앞에 있는 듯하여 슬픔을 이기지 못하였다. 날이 밝아 자점을 올려 엄형 국문하니, 자점이 복초하여 전후 역심을 품은 일과 경업을 모해한 일을 승복하였다.

상이 대로하여,

"자점의 삼족을 다 내어 저잣거리에 능지처참하라."

하고,

"그 동류를 다 논죄하라."

하며 경업의 자식들을 불러 하교하기를,

"너희 부친이 자결한 줄로 알았는데 꿈에 나타나 이르기를, 자점의 해를 입어 죽었다 하기로 흉적을 내어 주나니 너희는 임의로 보수하라."

하였다. 그 자식들이 백배 사은하고 나와 대성통곡하며 말하기를,

"이놈, 자점아! 너와 무슨 불공대천지수(不共戴天之讐)로, 만리타국에 가 명을 겨우 보전하여 세자 대군을 모셔와 국사에 진충갈력(盡忠竭力)하거늘, 네 이렇듯 참소하여 모함하였느냐."

하고 장군의 영위를 배설하고, 비수를 들어 자점의 배를 갈라 오장을 끊고 간을 내어 놓고 축문을 지어 임공의 영위에 고하였다.

다시 칼을 들어 흉적을 점점이 저며 씹으며, 흉적의 남은 시신을 장안 백성들이 점점이 저미고 깎아 맛보며 뼈를 돌로 짓이겨 꾸짖었다.

이날 밤에 상이 전전불매하더니 비몽사몽간에 임장군이 홍포 관대에 학을 타고 들어와 상께 사배하여 말하기를,

"신의 원사함을 신원치 못하고 원수를 갚지 못할까 하옵더니, 오늘날 전하의 대덕으로 신의 원수를 갚아 주시고 역적을 소멸하시니 신이 비로소 눈을 감을지라. 복원 전하는 만수무강하소서."

하고 통곡하여 나아가니 상이 깨달아 탄식하여 말하기를,

"과인이 불명하여 주석지신을 죽였으니 어찌 통탄치 아니하리오."

하고 경업의 집을 정문하고 달내[達川]에 서원을 세워 장군의 화상을 모셔 혈식천추(血食千秋)하게 하였다.

그 동생을 불러 벼슬을 주니 굳이 사양하고 받지 아니하였다. 이조와 병조에 하교하여,

"경업의 자손을 대대로 각별 중용하라."

하고 어필(御筆)로 그 뜻을 써 경업의 동생과 아

들을 불러 주었다.

이후에 경업의 처 이씨(李氏)가 장군의 죽음을 듣고 통곡하여 말하기를,

"장군이 천조(天朝)에 명장이 되었으니 내 어찌 열녀 아니 되리오."

하고 자결하니 상이 듣고,

"그 집에 정문하라."

하여 달내 서원에 열녀비를 세웠다.

이 적에 경업의 동생과 자손들이 그 부형의 행적을 대강 기록하여 세상에 전하고, 공명에 뜻이 없어 송림간에 들어 농업에 힘써 세상을 잊었다.

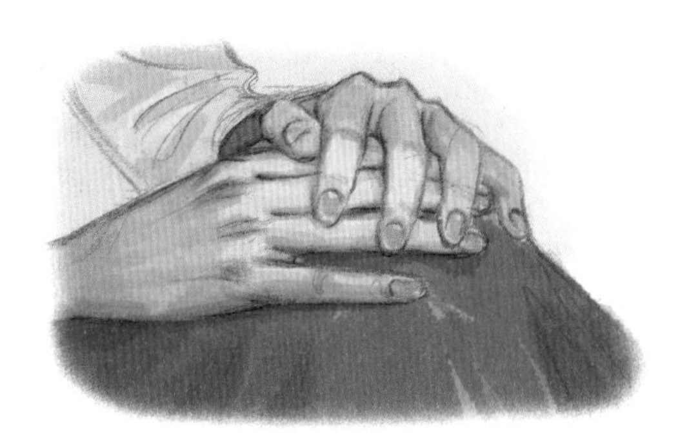

'아내라고 얻은 것이 흉한 모습을 하고 있어

평생에 원이 맺혔는데

지금은 달나라에 산다는 선녀가 되었으나

말 한마디 주고받지 못하고

뼛속 깊이 병이 되었으니

첫째는 내가 사람을 알아보는 눈이 없었던 탓이고

둘째는 내가 어리석고 둔한 탓이고

셋째는 아버님의 말씀을 듣지 않은 탓이로다.'

-『박씨전』 중에서 -

국어과 선생님이 뽑은